Heinrich-Joachim von Morgen * Jede Berührung – eine Verletzung

Heinrich-Joachim von Morgen

Jede Berührung eine Verletzung

Kurzgeschichten, Tagebuchaufzeichnungen,
Gedichte, Romanausschnitte

ProLitera Verlag

Die Deutsche Bibliothek – CIP-Einheitsaufnahme
Ein Titeldatensatz für diese Publikation ist bei
Der Deutschen Bibliothek erhältlich (www.ddb.de).

Lektorat: Friederike M. Schmitz, Dreieich
Umschlag: Ölbild des Verfassers „Der letzte Tag"
Satz, Layout und Umschlaggestaltung: Pallium GmbH, Weiterstadt
Herstellung: Books on Demand GmbH, Norderstedt

ISBN 3-937468-01-3

Für Joan und Burghard
in dankbarer Erinnerung

Hamburg Rothenbaumchaussee

Und hinten, schemenhaft,
am Zaun entlang sich ziehend,
diese Frau,
die Alte, namenlose,
kaum erkennbar,
in Lumpen.
Langsam nur kommt sie voran.
Zwischen uns die Straße,
hastende Passanten,
Bankiers, Ehemänner, Zuhälter.
Am rostigen Gitter
sich bewegende Fetzen,
Haar, Stoff,
alles eins;
sich selbst erschöpfend,
langsam sich vorwärts bewegend.
Kein Gesicht,
ein Klumpen.
In einer Stunde
fünf Stäbe
und dann zurück.

Ihr, die ihr da am Strand sitzt,
wisst ihr nicht,
dass euer Nachbar ertrinkt?
Wisst ihr denn nicht,
dass es einen anderen dürstet?
Und dass ihr statt der Worte Wasser,
ja Wasser braucht?

Keine Belehrungen,
Wasser in einem Gefäß,
denn eure Hände sind zu dumm;
tut weniger,
doch tut! Tut! Tut!
(Es klingt wie der einsame Vogel in der Provence.)

***

Die Trauer über den Abschied
ist stärker als die Freude
über die Ankunft.

Übelkeit und Singsang. –

Wie ich das Schweben lernte

Man könnte meinen, das Schweben sei nicht zu machen für uns Europäer. Das ginge hin und wieder, und wenn, dann auch nur in übertragenem Sinne; das Schweben sollte man im Grunde Fakiren überlassen und Leuten aus Hintersiam oder so.
Ende letzten Jahres versuchte man aber dann doch, es mir beizubringen.
Es war irgendwann im Herbst, wochenlang hatte mich alles angekotzt. Deutschland war neblig und frostig – wie oft zu dieser Jahreszeit.
Da ich 'ne ganze Menge Startgelder kassiert hatte, beschloss ich zu saufen. Das ging 'ne ganze Weile gut, und dann wurde ich böse. Ich fuhr morgens um halb acht zu Eddie in die Ohnsorgstraße und parkte meinen schwarzen 280 SE im Halteverbot, wie immer, und dann begrüßte ich Eddie, bestellte 'n paar Bier und Steinhäger, und wir quatschten über Fußball und so; dass der Derwall ein Arschloch sei, dass der Förster immer langsamer würde und dass es eine Sauerei sei, den Breitner nicht wieder in die Nationalelf zu lassen. Die Kneipe war leer bis auf Eddie und mich und einem Kerl hinten an der Ecke der Theke, da, wo sie eine Kurve macht. Und der Kerl erinnerte mich an irgendjemanden, oder kam das daher, dass er so wie viele aussah?
Nun mischte der sich ein und sagte, der Breitner gehöre nicht in die Nationalelf, der sei viel zu alt und verkappter Kommunist, außerdem vernachlässige er auch zu sehr seine Deckungsaufgaben.
„So, Kommunist ist der Breitner, woher weißt denn du das?", fragte ich böse. „Na, gucken Sie sich den doch mal an mit diesen Haaren. In der Zeitung stand, dass er ganz links ist, Chinesenkinder hat er adoptiert und über seinem Bett soll ganz groß der Che Guevara oder wie der heißt hängen." „Und deshalb soll der Mann nicht

wieder in der Nationalelf spielen? Du Arschloch, du!", brüllte ich. „Nennen Sie mich nicht Arschloch und überhaupt, warum regen Sie sich denn so auf?" lenkte er ein. „Beim Spiel gegen Wales war der Förster doch der überragende Mann. Der Breitner is'n Querulant und viel zu alt. Immer wenn ich den im Fernsehen sehe, schreit der rum und mimt den Starken."

„Haste neulich die Sendung im Fernsehen gesehen, die Sendung über diesen Majdanekprozess?" fragte ich Eddie, der Gläser abtrocknete und auf seiner Reval rumbiss. „Nee", sagte der. „Siehste, beim Fußball glotzt ihr in die Röhre und wenn was Wichtiges kommt, dann stellt ihr ab oder Peter Alexander an. Die Sendung hätt'ste dir mal ruhig ansehen sollen. Ein Zeuge berichtete von 18.400 Erschießungen an einem Tag und wie die Kinder den Müttern aus den Armen gerissen wurden, um in die Gaskammern gebracht zu werden, und wie die Mütter, viele Hunderte, wie auf einen heimlichen Befehl hin, sich niederknieten und zu beten anfingen. So was seht ihr euch nicht an, ihr Kacker!", und ich knallte die Faust auf den Tisch.

Inzwischen war ich beim zehnten Bier angekommen, das neunte war mir auf die Hose gerutscht und ich grölte: „Überlegt doch mal, da geht's um 250.000-fachen Mord. 33 Jahre dauert dieser Prozess jetzt schon, aber in den Zeitungen kannste nichts darüber finden. Aber über die paar Hanseln in Stammheim, da wird ganz groß in die Trompete gestoßen. Mensch, da kannste doch nur noch abschnallen."

Der Kerl von der Theke stand jetzt hinter mir und legte die Hand auf meine Schulter, wie um mich zu beruhigen. „Nimm deine dreckige Hand da weg, sonst kracht's", schrie ich!

„Bleiben Sie doch ruhig, Sie reden ja nur besoffenes Zeug daher oder sind Sie am Ende auch so einer?"

„Eddie, noch ’n Bier“, rief ich, „warum will dieser Typ mich eigentlich ärgern? Ist mir echt schleierhaft!“
Der Mann, der sich etwas entfernt hatte, kam zurückgesprungen. „Was, schleyerhaft, Schleyer in Haft?“ zischte er und wuchtete mir ein kolossales Ding ans Kinn. Es riss mich vom Hocker und ich schlug mit dem Hinterkopf gegen die Theke.
Sehr schnell war die Polizei da und wie durch einen Nebel hörte ich den Kerl sagen: „Das muss einer von diesen Terroristen sein; wie der hier die letzte halbe Stunde rumgefaselt hat. All unsere staatlichen Institutionen hat er schlecht gemacht und auch den unglücklichen Herrn Schleyer hat er dabei nicht aus dem Spiel gelassen. Der kam mir gleich so merkwürdig vor. Sehen Sie sich doch mal seine Haare an und die schmutzigen Jeans und den 280 SE da draußen, der angeblich ihm gehört.“
Da nahmen mich die Jungs in den Polizeigriff und zwar so, dass meine Fußspitzen ein klein wenig über dem Boden schwebten.
„So, nun bringen sie dir auch noch das Schweben bei“, dachte ich und wurde ohnmächtig.

Der Golfspieler P. A. Macguirre jun.

Der Golfspieler P. A. Macguirre jun. hatte, wie er später berichtete, nach seinem Sieg beim Klassiker in Detroit einen Traum, in dem ihm das Krokodil, dem er in dem moorigen Gelände ein Auge mit dem zweiten Ball des fünften Loches ausgedroschen hatte, zitternd vor Wut mitgeteilt habe, es wolle sich an ihm rächen. Fortan erschien er bei weiteren Turnieren mit einer großkalibrigen Jagdflinte, später in einem gepanzerten Rangerover, da er steif und fest behauptete, das Krokodil lauere ihm allerorts auf und wolle mit seinem Schwanz die Fenster des Wagens zertrümmern, um ihn dann zu erledigen.
Nachts sah man ihn, vor den Turnieren, in einer Art Ritterrüstung durch das Unterholz kriechen und unter Zuhilfenahme einer am Helm montierten Lampe Ausschau halten. Auf die Frage, woher denn in Gottes Namen das Krokodil wisse, auf welchem Turnier er gemeldet habe, hatte er achselzuckend und wie es schien äußerst indigniert geantwortet, das Krokodil habe längst lesen gelernt, und nur ein Volltrottel könne eine solche Frage stellen.
Als er eines Tages in einem mit Spezialstahl gepanzerten militärischen Kettenfahrzeug auf dem Kurs von Lancaster im Staate Ohio erschien, wurde er disqualifiziert, auf Lebenszeit disqualifiziert, und wandte gezwungenermaßen dem Golfspiel den Rücken und sich dem Pingpong-Spiel zu, nachdem er auch als Bongo-Spieler in einer Damenband Schiffbruch erlitten hatte. Er hatte schon als Kind bei seiner Großmutter auf einer zweckentfremdeten Küchenbank das Pingpong-Spiel erlernt. Nach seinem Fiasko beim Golf wandte er sich also dem Pingpong wieder zu, machte in kürzester Zeit enorme Fortschritte, sowohl als Einzel- wie auch als Doppelspieler und tauchte am 1. Juli jenen Jahres völlig unerwartet im Halbfinale der amerikanischen offenen Meisterschaften in New

Heaven auf, wo er im fünften Satz, bei einer 15:8-Führung mit der Begründung aufgab, eine dressierte Ratte lauere im Schatten des Ping-Pong-Tisches und habe wiederholt versucht, den Celluloidball wegzuschnappen.

Kurz nach diesem Vorfall, über den die elektronischen Medien und alle regionalen wie überregionalen Zeitungen berichtet hatten, wurde er an einem stürmischen Morgen im September verhaftet und auf seinen Geisteszustand hin untersucht. Obwohl er alle Tests überraschend gut bestand, wurde er noch am selben Tag in die berühmte Nervenheilanstalt Main am Ontario gebracht, wo weitere ausgiebige Tests an ihm durchgeführt wurden.

Plötzlich verweigerte er seine vorherige Bereitwilligkeit zu dem Unternehmen mit der Begründung, erst müsse der ganze Trakt des ersten Stockes des Gebäudes, in dem er untergebracht war, mit einer 5 m dicken Betonwand abgesichert werden, da tief unter dem Gebäude eine Killerfliege ihr Unwesen treibe, die es auf ihn, P. A. Macguirre jun., abgesehen habe.

Fortan lief er mit einer selbst konstruierten, riesengroßen Fliegenklatsche durch das Gebäude und lehnte jegliche Zusammenarbeit mit dem Ärztestab ab. „Es wird noch Jahre dauern, bis Hoffnung besteht, den Mann gefügig zu machen", argwöhnte erst kürzlich ein bekannter Wissenschaftler. „Bis dahin wird der Mann wohl dort verwahrt bleiben. Er wird inzwischen künstlich ernährt, weil er jegliche Nahrung verweigert aus Angst, die Killerfliege versuche, ihre Killerfliegeneier in seinen Kleindarm zu schleusen." Ein Sprecher des Krankenhauses meinte, der Mann sei nun wohl nicht mehr zu retten.

Durch die vielen Artikel und TV-Berichte war das Volk aufgerüttelt und ergriff mit Vehemenz die Partei des Patienten. Es wurden Gruppen ausgemacht, die nachts randalierend mit riesigen Transparenten durch die Straßen zogen und grölend für Macguirre jun. demonstrierten. Ein Mittelschullehrer verletzte sich in der Nähe von Chicago schwer, als er mit seinem Zeigestock aus Pappelholz gegen die Wand schlug, bei der Beschreibung des Unrechts, das dem guten „P. A.“, wie Macguirre jun. nur noch genannt wurde, angetan ward. Der Stock zerbrach und bohrte sich dem Lehrer ins Gedärm, woran er später verblutete.

Die Menschen debattierten auf den Straßen, trugen T-Shirts mit Aufschriften wie „P. A., Heil Dir“ und Ähnliches. Als ein unbekannter Anarchist eine Bombe in eine brodelnde Menschenmenge warf und viele verletzt wurden, drohte ein Volksaufstand. Der Präsident verhängte den Ausnahmezustand, ließ alle Klöster und Synagogen schließen und verkünden, Macguirre sei ein Irrer, ein von Moskau und Peking zugleich gesteuerter Kommunist und er müsse nach einem gerechten Verfahren auf den elektrischen Stuhl. Danach drückte er in alkoholisiertem Zustand auf den Knopf und 15 Saturnraketen mit ihren tödlichen Inhalten verließen jaulend und fauchend die Silos in der Wüste von Nevada. So begann der dritte Weltkrieg.

Was habt ihr getan all die Zeit

Was habt ihr getan all die Zeit?
Ihr habt gearbeitet,
mehr, viel mehr,
als ihr hättet müssen.
Und wenn ihr alt sein werdet,
so werdet ihr
weiter wischen und scheuern,
um nicht denken zu müssen.
Ihr arbeitet, weil ihr im Grunde
nichts taugt –
weil kein reiner Gedanke,
kein Mitgefühl
in euch ist.
Ihr seid das Joch eurer selbst.
– Der Weise faltet die Hände.

Heimat

Wenn nachts der Marktplatz
immer flacher wird
und es in den Giebeln
zu knacken anfängt,
trinke ich aus dem Brunnen
meiner Stadt,
sehne mich
nach dem Klappern von Stöckelschuhen,
dem windigen Sand
der Sahara
und dem Geruch
der Gosse.
Patrouillierende Bürger
lassen mich schrumpfen,
ich pfeife –
eine Neunte –
wechsle die Farbe
und begebe mich in das Dunkle
einer immer nahen Kirche.

Formentera – Lied einer Insel

Über die Insel
weht der Wind.
Sie ist wie eine Welle
und wenn die Sonne kommt,
ist alles so leicht,
die Farben fangen zu sprechen an
und das Leben
hört auf,
bedeutungsvoll zu sein.
Hier ist es,
als sprächen Steine
verschlüsselte Märchen,
und wenn die azurgrünen Blüten
Münder hätten
– ob sie erzählen könnten,
was ich erlebe ...?

Erinnerung an eine Reise

Und als das Elend
und der Abscheu sich schier
festgefressen hatten,
tauchte ich ein
in die Welt des Sandes
und der Sonne –
in das flimmernde Nichts.

Und während ich mich
am Sims
meines Seins
festklammere,
aus Angst vor dem Abgrund,
tauchst du auf,
wie durch nebligen Schimmer,
immer wieder.

Ramblas, Barcelona

Mit Tina unterwegs zu sein, ist immer ein Vergnügen. Wir saufen zusammen, wir lachen zusammen, quatschen miteinander und schlafen miteinander. So war das auch an jenem denkwürdigen Wochenende in Barcelona.

Wir bummelten die Ramblas auf und ab, tranken viel Helles und Pernod, und als es Abend wurde, beschlossen wir, mal die engen Straßen zu erforschen, die von den Ramblas rechts und links ins Dunkle, Gefährliche führen. Überall standen die leichten Mädchen rum, grell geschminkt und halb nackt.

Wir tranken im Caballeros noch ein Bier und standen plötzlich vor einer kleinen Bar, dessen schwere Tür halb geöffnet war. Drinnen tanzte eine Zigeunerin auf der Bartheke und andere klatschten dazu. Da mussten wir natürlich rein. Wir stellten uns an die der Tür gegenüberliegende Wand und harrten der Dinge, die da kommen sollten. Rechts neben uns saß ein Mann an der Bar. Er hatte einen Hut auf und einen Stock in der Rechten. Wir bestellten. Der Barkeeper schenkte den gekühlten Rosé ein und wir staunten über den Tanz da auf der Theke.

Plötzlich kam ein Mann ziemlich betrunken in die Bar gestürmt und fing an, den Mann mit dem Hut und dem Stock in der Rechten zu beschimpfen. Ich verstand zwar kein Wort, doch die Atmosphäre ließ ahnen, dass hier etwas Unangenehmes geschah. Der Barkeeper schnappte sich den Betrunkenen von hinten, klemmte ihn in die Tür, und der Mann rechts neben uns nahm seinen Stock und hieb auf den Eingeklemmten mit äußerster Kraft ein. Nach einigen Schlägen brach der Eingeklemmte in sich zusammen und wurde vom Barkeeper mit einem Fußtritt auf die Straße befördert. Dann bekreuzigte er sich. Der Mann war tot.

Lächelnd setzte sich der Hut-Stock-Mann wieder auf seinen Platz und trank einen Schluck Weißwein. Er wandte sich an uns und frage auf Englisch, ob wir mal seinen Stock sehen wollten. Er gab ihn uns, und ich erschauderte. Der Stock war mit Blei gefüllt und sehr schwer. Der Unbekannte beugte sich freundlich lächelnd vor und zeigte stolz ein kleines Lederetui. Er öffnete es, und staunend erblickten wir den Inhalt. Er bestand aus vielen Dietrichen und Nachschlüsseln der verschiedensten Arten und Größen. Der Mann rückte näher und erzählte uns, er sei der König aller Zigeuner in Barcelona und es gäbe kein Schloss und keine Tür, die er nicht öffnen könne.

Der Alkohol hatte mich mutig gemacht und ich fragte ihn, ob ich mal seinen Hut aufsetzen dürfe. Ich bin nämlich – manchmal – ein Hut-Fetischist. Jedoch wurde das Anliegen barsch abgelehnt mit der Bemerkung, seinen Hut setze er niemals ab. Aber er lud uns zu einem Cognac ein. Als ich mich an ihn wandte, um mich mit ihm zu unterhalten – ich unterhalte mich liebend gerne mit außergewöhnlichen Menschen, leider findet man nur wenige von der Sorte – da fuhr er mich an: „Shut up, I want to talk to your girlfriend. I like her." Da stand ich nun, etwas ängstlich, und er sprach eine halbe Stunde lang mit Tina.

Als wir schließlich die Bar verlassen konnten, atmeten wir beide tief durch und besprachen das soeben Erlebte flüsternd. Drei junge Leute überholten uns in der Dunkelheit und wir kamen ins Gespräch. Sie waren Studenten und auf dem Weg in eine Studentenkneipe. Es war erst zwei Uhr nachts und wir schlossen uns ihnen an. Das Mädchen war schwanger und hatte sich bei den beiden Studenten untergehakt. „This way?", fragte der eine. Wir bogen in eine unbeleuchtete Gasse links ab. „Da hinauf", sagte der andere in gutem Deutsch. Ich ging vor und eine steile Treppe hoch, immer höher, bis zum Ende. Doch da war nichts. Ich wollte in Panik wieder runter, doch die beiden Burschen versperrten mir

den Weg, warfen mich auf die Treppenstufen und zogen jeder ein Stilett. Schweigend durchwühlten sie meine Taschen, während sich Tina unten, nichts ahnend, mit der Schwangeren unterhielt. Die beiden nahmen das Geld und den Pass; der eine zischte mich an: „Jetzt mach ich dich fertig." Und ich konnte die Klinge an meinem Hals fühlen. „Komm, lass uns abhauen. Lass den Quatsch. Lass ihn leben", sagte der andere. Zu mir gewandt sagte er: „Du hast uns nie gesehen, und wehe, du machst irgendwelche Zicken." Dann stürzten sie die steile Treppe hinunter und verschwanden zusammen mit der Schwangeren in der Nacht.
Es dauerte eine Ewigkeit, bis ich mich aus meiner Starrheit lösen konnte. Ich zitterte am ganzen Leibe und bekam kein Wort heraus. Tina sah mich fragend an, als ich runtergetorkelt kam. „Das war knapp", keuchte ich. „Das war verdammt knapp."
Merkwürdigerweise hatte ich beim Packen in Formentera das Geld geteilt, sie die Hälfte, ich die Hälfte, was ich sonst nie machte. Es war der 30. April und wir kamen irgendwann noch zum Bahnhof.

Komm Mann, schieb den Gin rüber

Komm Mann, Mann komm,
schieb den Gin rüber,
kein Aber!
Los Mann, gib die Flasche her!
Du abgespritztes Elend,
ich hau dir gleich die Ohren rot
oder die Nüsse.
Meine Haut ist so dünn heute
und die Tabletten sind ausgegangen;
komm, mach schon!
Leg die Hände auf den Tisch
und glotz mir nicht
die letzte Seele
aus dem Leib.

***

Manchen Frauen stelle ich einen Besen vor die Tür, damit sie hinterher schneller nach Hause kommen.

Der Rundfunk kommt

Bezüglich einer Lesung, die noch einmal zu halten ist: „Der Rundfunk kommt.“
Da kommen Anrufe, Störenfriede – kein Abendbrot.

Man will mir an den Kragen.
Man sagt, es sei zu meinem Besten – das sagt man schon lange.
Man will mich senden, senden beim Lesen, geht das überhaupt?
Das Band wird reißen! Es reißt bestimmt! (Es ist gerissen.)

Mich senden also als Füller – einen fühlenden Füller, und wie.
Starbesetzung. Die Leute hinter den Aufnahmegeräten sind wichtig, werden wichtig sein.
Ich höre mich räuspern – es räuspert mich.
Was soll ich tun?
Singen?
Vielleicht die Krumme Lanke? Doch es spricht schon einer Dialekt, und was für einer.
Wie viele Biere soll ich vorher, wie viele hinterher kippen?
Was soll ich da lesen?
Vielleicht ganz lyrisch und will den Kammerton A intonieren?
Ein Glück, dass ich kein Lehrer bin, das ganze Irrsinnsspiel könnte mich am Ende noch und ganz nebenbei meinen Job kosten.
Soll ich meinen mindestens drei Identitäten gemäß die Kleider wechseln, die Frisur ändern?

Dann anschließend Interview.
„Was sind Sie so?“ höre ich fragen.
Soll ich antworten „Poet aus Leibeskräften, Sportler, der kaufmännische Briefe schreibt, Zolleinfuhrpapiere vermasselt, einer, der

weder von Rechts noch von Links etwas hält, weder von Arm noch von Reich, weder vom Leben noch vom Tod, einer, der flucht und frisst und säuft und stinkt und das manchmal gleich alles im selben Moment; einer, der vor lauter Leben-Müssen fast nichts hat schreiben können lange Zeit, nur einige Zettel, etwas Abfall?"
Natürlich gäb's noch anderes zu erzählen. Da wären zum Beispiel die geplatzten Zinksärge und ihr flüssiger Inhalt in der heimatlichen Ahnengruft, das riesige Wappen über einem kleinen Jesus, die infrarot gewärmten Patronatsstühle in der sonst feucht-kalten Kirche, ägyptische Eintänzer auf kurz geschorenem Rasen und und und.

Nein, nichts von alledem werde ich sagen, nichts machen lassen mit mir.
Auf einem weißgetünchten Pferd werde ich hineinreiten, dass die Fenster klirren, ein Napoleon im Schlachtgetümmel, fünfsprachig und erhobenen Hauptes; den Burberry werde ich mit dem Schwert zerteilen und die eine Hälfte von den Rundfunkredakteuren zerstückeln lassen.
Dann hinaus ins Freie – über die Hügel, über die Wälder, ins Firmament hineinstoßen auf Nimmerwiedersehen, ein Spuk am Abend, wie es sich gehört.

Ich bin der Seismograph meiner Welt.
Ich bin der Seismograph meiner
Ich bin der Seismograph
Ich bin der
Ich bin
Ich.
.

1965 Hamburg

Doch irgendwie kommt immer die Nacht
und nimmt den Dingen ihren Schein,
dann ist es längst zu spät,
des Tages Spitzigkeiten
verzeihend zu entwirren.
Es schlagen oft die Türen zu,
bevor man sie geöffnet hat,
doch irgendwann kommt man zur Ruh',
weil irgendeiner es so wollte.

Schwarze Schafe stoßen an,
am Tag zur Nacht,
die besser ist, weil Schweigen
sie umrandet,
doch scheinwerfergleich macht auch sie
das schlechte Gewissen bedeutsam.

1975 Schwäbisch Gmünd

Da stand er
mit seinen breiten Schultern,
seinen weißen Haaren,
und schluchzte gegen die Wand –
seine Faust schlug den Takt dazu
und die Mauern bebten.

So um den 18. Januar 1981 herum, Geburtstag

Zurzeit: „Fliegen". Die dritte Dimension ganz deutlich und die Dinge fern.
Das kreisende Ich wird wieder aufgepumpt.
Alles scheint glücklich, selbst die Menschen und das Zuchthaus unten zwischen den Zweigen der vollen Bäume.
Die Leute, wie Geigenbögen
einer unhörbaren Musik.

Er war so einsam,
dass er begann,
sich selbst Telegramme
zu schicken –
und es fror
seine Außenhaut
während es innen
zu steinern begann –
und er dachte:
Ich wusste einmal
die sieben Weltwunder
und die 10 Gebote
auswendig,
meinen Stammbaum bis 1747
und eine Schlankheitsdiät. –
War denn alles,
wirklich alles
umsonst?

Der Tod Roberto Blankos

Ein Jahr ging zu Ende. Die Produktion hierfür war schon lange ausgelaufen. Ein Teil war nicht gesendet worden, war aber als Markstein, als fernsehgeschichtlich wichtiger Beitrag auf Bänder gerollt.

Das Zusammensein fand an einem riesigen, zugefrorenen, unbekannten See statt, und sie trafen sich alle. Der Verwaltungsrat saß vollständig und unverjüngt am Ufer des glitzernden Eises, im Frack, Seejungfrauen überbordeten die Tische mit Überbackenem, Langusten und Kaviar, Champagner und Knallbonbons.

Damen wie Mimen marschieren ein, sich anfassend und lächelnd, durch ein Tor, ein großes, glanzvolles, geschmückt mit Lametta und Eiszapfen. Ein Tusch, zweiter Tusch, Tanzmusik. Max Gregor, braun geschminkt, seine Musiker und er selbst; oh ja, er kann auch selbst, wenn er will: spielen, Evergreens, Glenn-Miller-Style. „Noch 12 bis 18 Jahre, dann haben wir den Sound", soll er vor kurzem einer Vertrauensperson mitgeteilt haben.

Glücklich lächeln die Intendanten, denn jetzt tanzen ihre Kessler-Zwillinge, Peter Alexander steppt dazu einen Mambo im Spitzenhemd. Die Kesslers wie gewohnt: gleichen einander wie ein Ei dem anderen.

UNSER UDO! An einem blauen Flügel, mitternachtsblau in einem Rokokogewand aus gewirktem Flanell. „OH, dieser wundervolle Refrain", schluchzt die Meisel, ganz Mutter Courage.

In einer Pause tanzt die Valente den Mummentanz, einbeinig und linksherum.

Hinter einem Vorhang werden noch schnell ausländische Akzente geübt.

Das Eis biegt sich und die Sterne leuchten heller. Das Hamburger Fernsehballett tritt auf, in der Mitte Gerhard Löwenthal, ein Stück Kuchen essend, ein Stück aus der Berliner Mauer, getreulich nachgestylt.

das deutschlandlied! (Klein geschrieben, ganz, ganz klein!)

Allgemeine Begeisterung, Trunkenheit – ein Collie fliegt durch die Luft. Heino, Uschi, Rosenberger, ja selbst Dr. Werner Schneyder treten auf, „ein Akademiker", flüstern Komparsen, die aber frieren.

Im Kreise, mitten auf der Eisfläche, die Herren Nachrichtensprecher, die sich pausenlos mit ihren Duponts die Pfeifen anzünden, wie richtige Herren. – Sie glauben schon seit langem, dass all' die vielen Nachrichten, die sie verlesen jeden Tag, ihre eigenen Botschaften an das Millionenheer sind. – Tatsächlich, jetzt werden sie zu Rittern geschlagen, Ehrenpräsident Holzammer persönlich nimmt die Handlung vor. Kreischen ist zu hören. Ein überdimensionaler Lautsprecher verkündet: „Dies ist der Höhepunkt. Wir erleben eine Begebenheit von historischer Dimension." Ein Delphin versucht, unter dem Eis zu verschwinden. Böller, Gelächter, Heiterkeit und immer wieder spitze Schreie. Da, was ist das? Nein so was. Die Schell, jawohl, es ist Maria. Und gleich drei Bundespräsidenten, sich an den Händen haltend. Maegerlein und Kürten tanzen wie besessen den Kleine-Leute-Tanz. Kürten trägt eine aus 100-Mark-Scheinen gewirkte Krawatte. Was für ein Einfall, und dann auch noch auf Stelzen. Alle strahlen immer wieder und besonders bei der Totalen. Wie halten das die Muskeln aus? Training! Die Matz fährt geisterhaft auf Schlittschuhen um dunkle Pfähle herum. Und dann der letzte Tupfer: Robert Blanko versinkt im Eis. Er hatte sich diesen Abgang so sehr gewünscht, dass man ihn einfach gewähren lassen musste. Hier verschwindet unser Roberto. Noch einmal Winken im nächtlichen Eis. Roberto, Aushängeschild für gebändigten Rassenhass, und beim abschließenden Schießen auf die Ballwand darf sogar Rabbi Seligmann im Tor stehen, jawohl.

Die Scheinwerfer erloschen allmählich, doch im engeren Kreis wurde weiter gefeiert bis in die frühen Morgenstunden.

Gedicht Nr. 18

----------------- Das Schlimme -------------------------
-----------------Winter -----------------------
ETWAS ----------------- ist --------------------- entfallen --------------
----Wehe --------- wenn --------------wir ----------uns kennen lernen
Abseits ----------------------
eine ------------ Frau -------------, die schon ---------- lange tot ------
Das --------------Schloss ---------------ist ---------------- tot ----------
und ------------------------- nur die Ecken -----------------zucken ----

Kennst du die Kälte, die klirrt?

Und dann war da ein Tag auf jener Insel im Herbst. Der Wind schlug an die Türen des leeren Hotels. Es war, als sei ich übrig geblieben, in all dem Grau, der Gischt und dem Salz, das vom Meer kam, und ich schrieb dieses Gedicht für dich.

Sag mir, Geliebte, bist du mir nah?
Hörst du von drüben die Möwen?
Die Möwen, die so hungrig sind
und ihre langen Kreise ziehn.
Kreise, die nicht ganz geschlossen sind
– kommt das vom Hunger der Möwen?
Kennst du die Kälte, meine Geliebte?
Ich meine die Kälte,
die drunten im Wasser klirrt
und hoch oben im Schnee.
Und die Tropfen,
die an den Fenstern sich winden
wenn es Abend ist
und der Tag seine Hände
zu falten beginnt?

Von weitem kommen runde Glockenschläge dann,
die Glocken bewegen sich schon nicht mehr
und ihre schweren Töne fangen an
dahinzuwelken,
nun sind sie fort
und doch sind sie ewig.

Geliebte, du kennst die Einsamkeit
wie ich.
Du wehrst dich
– warum?

***

Dann legte er sich irgendwann
auf die Decke seiner Empfindlichkeit,
er entließ seine Blicke,
und langsam schimmerten
die roten Linien aus dem Sein.
Alles wurde ganz und klar,
und er wurde selbst zur Formel des Lebens.

Da hat er dann, ganz beruhigt,
seine 7.65er geholt
und das Magazin
auf Erwin Schönlacher, seinen Nachbarn,
leer gefeuert.

Und als das alte Schwein
kreischend und dann röchelnd
in seinem Blutgeschmiere
auf dem Rasen flach machte,
wusste er, es war vollbracht,
und er konnte die Tränen einfach nicht mehr zurückhalten.

Seht ihn euch an ....

Da seht nur, er grübelt und murrt,
seine Augen sind unstet – welch ein Unglück.
Und doch haben wir ihn so gern.
Tagsüber ist ein Schaukeln um ihn,
dann ist er betrunken zumindest.
Alles nur, um uns weh zu tun.

Er schlurft durch unsre Häuser,
ganz sein Onkel Paul,
der war ja leider auch etwas sonderbar.
Mein Gott, dass sich so etwas vererben kann.
Und alles haben wir ihm gegeben,
Güte, Zuwendung, die besten Schulen hat er besuchen dürfen,
wir ließen es bei ihm wirklich an nichts fehlen.
Das ist Undank, und wenn er seine Faulheit
durch die ewige Flucht in die Krankheit
und dergleichen zu verbergen sucht, so ist das durchschaut.

Wenn sein Vater noch lebte oder sein Großvater ...
Was haben diese Männer doch geleistet!
Man müsste ihm ihre Bilder vom Nachttisch nehmen.
Und dann noch diese verrückten Dinge in seinem Tagebuch,
da lässt er halbe Seiten aus und
überschlägt einmal sogar ein ganzes Jahr ...

Wenn die Leute hören würden,
was er über uns alle sagt,
wenn es wieder bei ihm losgeht,
wenn er seine Phase kriegt.

Faschisten und Nazis nennt er uns
in Bausch und Bogen,
und wir hätten
mit Massenmördern sympathisiert,
wir verbitten uns das!

Zwei seiner Onkel haben für ihr Vaterland
das Leben gelassen,
an der Kurischen Nehrung
von Bolschewisten erschossen,
auf freiem Feld.

Er lebt in einer Art Wahn,
der arme Junge,
und nächstes Jahr wird er 40.

Und man stelle sich vor:
Nun will er mit unserem neuen
silberlackierten Diesel
einen seiner schlimmen Freunde besuchen,
Kai mit Namen,
so'n heruntergekommener Flüchtling,
'ne Art Morphinist – – –,
da kommt nichts Gutes bei 'raus!

Das schöne Auto,
auf das Vater so lange gespart hat!

Gedanken eines Kindes vor dem Schlafengehen

Alle waren lieb, außer Bernd, doch der ist ja immer ein wenig komisch zu mir. Was er wohl hat? Dass ich ihm damals den Sand in die Augen getan habe, dafür konnte ich doch eigentlich gar nichts.
Ich möchte mal wissen, was ich zum Geburtstag bekomme.
Ob es wohl stimmt, dass es den Froschkönig wirklich gegeben hat? Dann könnte der Frosch gestern Abend auch so etwas Ähnliches wie ein König gewesen sein, aber an die Wand werfen, nein, an die Wand werfen würde ich ihn niemals, selbst, wenn danach ein Kaiser herauskommen würde, denn was sollte ich schon mit einem Kaiser anfangen?
Da fällt mir ein: Ich hab noch gar nicht für den Wauzi gebetet! Lieber Gott, schenke dem Wauzi ein langes Leben, lass ihn immer gut fressen und so alt wie Omi werden und wenn er einmal sterben muss, so lass ihn wie die Menschen in den Himmel kommen. Ob es wohl einen Himmel gibt, wo nur Hunde sind?
Morgen muss ich wieder diese blöden I's schreiben, aber die Turnlehrerin habe ich gerne, ich glaube, sie hat mich auch lieb; ob ich sie einmal frage?
Onkel Paul habe ich aber gar nicht lieb, er ist so grimmig immer, wenn ich singe und überhaupt, wenn ich vergnügt bin. Ich glaube, Onkel Paul ist niemals vergnügt. Mutti sagt ja, er hat Hämopüden am Po, das ist sicher wahr, darum raucht und trinkt er auch so viel.

Gute Nacht, lieber Gott, gute Nacht, Teddy, wenn ich mal groß bin, dann, ja dann ...

Lohnt es?

Es lohnt, den Sumpf des Ich
zeitlebens zu durchwaten,
um ganz zuletzt die Sterne zu sehen.
Nur der Suchende hat Wert.
Das Suchen nach unseren Träumen. –
Das Gefundene ist bereits tot.
Denn im Kanon geht's alle Tage:

Ich
Ich meiner mir mich
Ich mein mich
Mir mein
Mein ich
Meiner
Mich mir
Ich.
Du?

Ich sehe Handke

Ich sehe, wie Handke seine „linkshändige Frau“ in Paris verfilmt. Sie suchen die richtige Einstellung, passende Häuser.
Handke ist zu sensibel. Er selbst kann es nicht tun, ein anderer kommt und zieht die linkshändige Frau am linken Arm, immer wieder; er wird länger.
Die linksarmige Frau hat Wachstumsfieber und greift rechts, wenn's drauf ankommt.
Sie werden noch lange üben. Es ist Abend – man geht ins Maggot.

***

Der gute Kern des Menschen
sitzt im Allgemeinen
zwischen den äußeren Vorsteherknochen
zirka 5-6 mm vor der Kleinhirnrinde,
ist leicht mit einem Schnitzmesser
zu erreichen
und vergleichbar einer mittelgroßen Haselnuss.

***

Die Angst vor'm Montag folgt auf das Entsetzen des Sonntags.

Ein schlimmes Ereignis ist, wenn man auf einem Barhocker vergewaltigt wird von einer hübschen Blondine und hinterher feststellt, dass der Mann kahlköpfig ist und Familie im engeren Sinne.

***

Zettel auf dem Nachttisch einer jungen Frau:
Liebes Kind, ich habe mich entschlossen,
dem Beruf des kaufmännischen Angestellten zu entsagen;
ich geh' nach Jugoslawien und werde Fischer.

***

Der Mensch lebt im Durchschnitt einmal,
wird 68,25 Jahre alt,
isst 536.763 Brötchen,
pinkelt 343 mal ins Bett,
verbringt insgesamt 2,5 Jahre auf dem Klo,
verrät 128 Freunde,
stiehlt 216 mal (Reichere unterliegen ebenso oft dem Zwang
ihrer so genannten kleptomanen Veranlagung),
bricht 181 mal ein,
verkürzt mindestens 28 mal das Leben anderer
und glaubt in 99 Fällen von hundert an ein höheres Wesen.

1955 Bodenburg

Bezug nehmend auf Ihr Schreiben vom 16. d. M. überreichen wir Ihnen laut Anlage den Nachtrag X zur Police II 509/26 nebst Prämienrechnung und einliegender Formulare, die dokumentieren, dass Sie sowohl Scheck als auch Wechsel nach Durchlauf durch die Girozentrale der Segler-Kameradschaft „Gut Heil“ per ultimo abzeichnen wollen.

Stets zu Ihren Diensten.
Hochachtungsvoll,
der Wahnsinn

Schlagzeuger in New York

Er mag so um die 40 gewesen sein und wenn er besoffen wurde, ging er wie all' die andern und John Wayne, fing an, Kopfstände zu machen und Englisch zu sprechen.
So schrie er jahrelang: „I' d like to see Miss Emmilou Harris at once, 'cause she's such a horny vicious nasty person." Er hatte noch andere Sachen drauf.
„Älter werden, dümmer werden, noch älter werden, noch dümmer werden, ganz alt werden und dann nur noch zuschlagen, und wenn jemand was dagegen haben sollte, so soll er sich melden."
Irgendwann sah ich ihn noch mal auf der 42sten Straße in New York. Er war Schlagzeuger geworden.
Wir gründeten eine Trinkerschule und das Letzte, was ich von ihm hörte, war, dass an seiner Stelle jetzt ein Indianer das Schlagzeug bedient.

Anruf 21. 1. 2013

v. Morgen

möchte es <u>haben</u>,
für meine Enkel und so

030 81487111 | liv.morgen@gmail.com

gedachte am Bd 1 + 2
herausnehmen

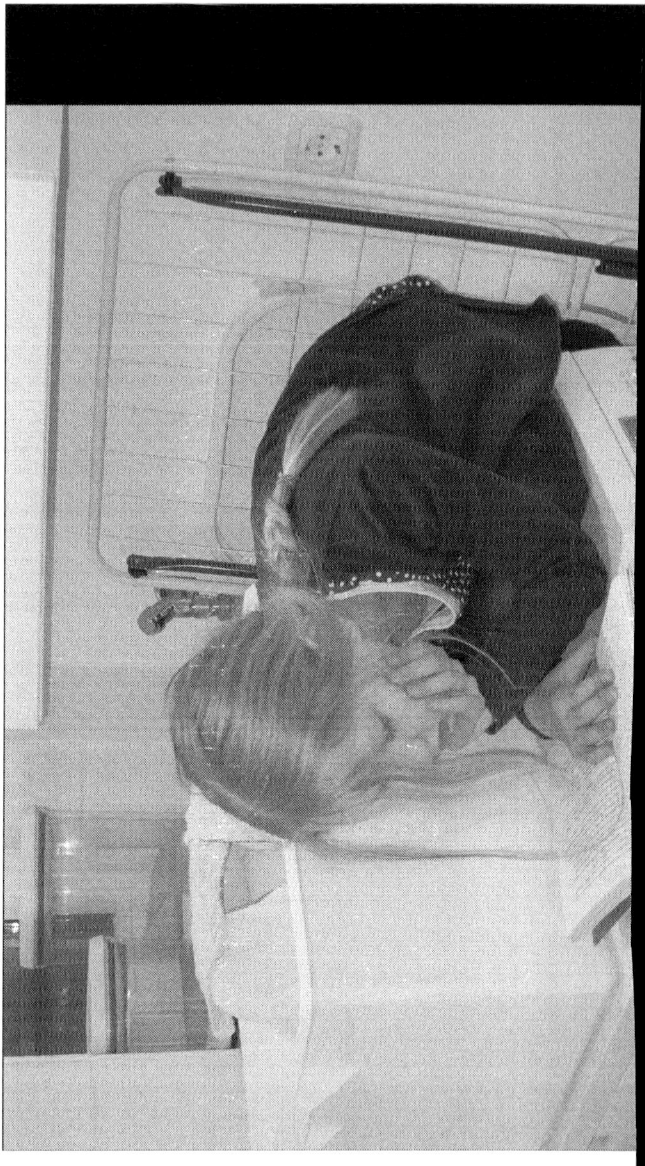

Der Professor griff sich den Stapel Papier, stieß ihn glättend zusammen, sein Kinn fuhr hinein in den Zuhörerraum und er sprach: „So, verehrte Anwesende, ich habe Ihnen soeben alle Fragen betreffs des Weiterlebens nach dem Tode, der Entstehung des Universums, der Erklärung des Ewigen, des Nichts und des Transzendentalen überhaupt klar und sachlich, jederzeit experimentell nachprüfbar auseinander gesetzt und völlig logisch gezeigt, dass hier alles mathematisch exakt geklärt werden konnte, und zwar aufgrund meiner langjährigen Studien unter Zuhilfenahme des sumerischen Kalenders bis hin zur neuesten Computergeneration. Und nun sitzen Sie da und glotzen wie Vieh vor dem Geschlachtet-Werden."

Barbara

Wir waren vereint in unserer Angst vor den Menschen,
du wolltest mir gefallen
und für die Lidschatten nahmst du Asche.
Ein Turm zu Babel hat uns getrennt,
das Alter nicht.

Hamburg – Paris

Und wenn dann das Flugzeug abhebt,
schaue ich in mein Whiskyglas und kann lächeln,
so unbeschwert und zufällig
wie die Wolkenfetzen draußen.

Wenn ich das Wort Absinth denke
und ihn dann noch fühle,
ihn, der alles in einem Bild vereinigt,
dann ist jedes Gefühl von Hass weg.
Da ist dann diese herrliche gelb-grüne Farbe
und das Empfinden aufsteigender Euphorie,
Schwerelosigkeit zählt dann schon nicht mehr.

Einige Bier,
es ist noch Mittag,
die letzte Nacht hängt feucht in den Kleidern,
dann aus dem Flachmann den alten Chivas Regal,
herrlich, wie er füllt und beflügelt,
warm muss er sein,
langsam über die Zunge gleiten
und dann hinein in die lauernde Feindseligkeit.

Wenn ich dann wie als Kind
auf einem Papierflugzeug dahinsegele,
wird der Stoff in mir zu einem kubistischen Gewölbe,
einem fast heiligen, das sich ausdehnt,
die Farben verglast und wie hingehaucht.

Und wenn die Maschine landet,
ist sie ein Geschöpf geworden
und die Flasche leer.
Die Kerle werden durchsichtig,
an der Bar zwei Remy Martin,
drei American Martini –
und dem nächsten Zollbeamten
in die Fresse getreten.

Welch Hochgefühl. Welch Leben.

Irgendwo, irgendwie

-- ------------------------------
------------------------ irgendwo -------------------- irgendwie
irgend -------------- durch ---------------------- meine -------------
Erinnerung ---------------------- ziehst ------------------- Du ------
---------------- nimmst ---------------------- Gestalt ------- an -----
bin --- stumm ------------
ich kann ------------ meine ----------- Erinnerung -------- nicht ---
fühlen ------------ Deine ------------ Augen ---------- verfolgen ---
------------------- mich --------------------------
an Wänden --------- ziehen --------- durch --------- die ------Zeit
-------------- Deine ------------- Gestalt -------- geht --------- durch
mich ------------ möchte ---------------------- Dich ---------------
So ----------- bleibe --------- ich -------------sitzen ---------------
----------- möchte --------- Dich --------- schweben -------- sehen
meine -------------- Erinnerung ----------- nimmt----------- ab ---
wickelt ------------- Dich -------------- ein ------------------
lässt ---------- Dich ---------- draußen ------------- wenn ---------
ich ---------- Dich ------------ malen könnte ------------ würde ---
ich ---------- ein -------- Grün ------- von Greco ------ nehmen --
Ein ---------- Schatten --------- an der -------- Wand ------ ein ---
trauriges -------- Gesicht -------- das ------ sehr ------- viel Liebe --
braucht --------- das -------- nicht --------mehr ------ verstehen --
wird --------- als wir alle ------------ verstehen ---------------------
und ------ Dein ------- Gesicht ------würde -------- ich ------ mit --
zitternden --------------- Händen -------------streicheln --------
Ich ---------werde -------- Dir --------- nachgehen --------- im ---
Regen ------------ ohne ----------------
------------ dass --------- Du ------------- es ------------- bemerkst.

Albert Schweitzer
Aufsatz eines Primaners

Albert Schweitzer werde ich stets in guter Erinnerung behalten.
Er war ein großer Mann.
190 cm.
Er lebte in Äquatorialafrika.
Da war er auch gemeldet.
Seine Ferien verbrachte er im Elsass und in New York. Er war so gut, dass ihm immer wieder Geld gestiftet wurde. Er sprang auch über Ameisen, um sie nicht zu verletzten. Auf eine große Glocke hatte er geschrieben „Ehrfurcht vor dem Leben“, und wenn sie läutete, mussten alle kommen und mit ihm die Mahlzeiten einnehmen.

Er konnte von allem viel und einmal hat er eine Straße in den Dschungel schlagen lassen von über 20 Metern Breite, von drei Deutschen, zwei Hamburgern und einem Berliner, das war, als für Operationen gestiftetes Eis aus Norwegen mit Lastwagen gebracht wurde. Die Autos waren aber 4,5 m breit. Albert Schweitzer trank und rauchte nicht und wurde über 90 Jahre alt.

Baum am Abend nahe einer Fernsehstation
1957 Hamburg, Leinpfad

Als die Sonne
so weit gesunken war,
dass ihre Strahlen
wohl nur noch von den Dörfern
auf den Hügeln dort oben
zu sehen waren,
da schien sein Atem
einen Augenblick still zu stehen,
er lauschte in den untergegangenen Tag hinein
und mit ihm lauschten
die Tiere und die Steine,
selbst der Bach unter ihm war still.
Nur durch das Glitzern
wusste er,
dass kein Zauberer
„Halt“ gesagt hat.

Ein Heiland

Ein Heiland wachte eines Morgens auf und wusste plötzlich: „Ich bin es!“ Er freute sich darob, erhob sich und rief, nachdem er sich gewaschen hatte, zunächst einmal die Behörde an und erschreckte die Leute mit der Ankündigung, die Tage seien nunmehr gezählt und er wolle ein paar Wunder tun. Doch auf der Behörde stutzte man und benachrichtigte per verschlüsseltem Funkspruch ROM. Der Papst und verschiedene andere Funktionäre fasteten mehrere Tage, und man kam dann, gemeinsam mit Interpol zu dem Ergebnis, dass Abhilfe geschaffen werden müsse.
Das Volk aber jubelte, als sich die Kunde von der Wiederkehr des Heilands herumgesprochen hatte und von den Wundern und all dem Göttlichen. Als dann noch ein Hoch über Skandinavien angekündigt wurde, ein grüner Stern in den Nächten zu blinken begann und tagsüber riesige Regenbögen das Land färbten, war man sich ganz und gar klar darüber, was das zu bedeuten hatte, und es gab bald keinen mehr, der nicht ergriffen war, da sich ja heute alles so viel schneller herumspricht.
Viele aber gingen hin und zertrümmerten Scheiben und im allgemeinen Aufruhr wurde geplündert und gesengt. Die Juden nickten mit den Köpfen und das taten auch die Christen.
In mehreren Illustrierten wurde berichtet, dass es sich tatsächlich um den wiedergekehrten Heiland handele, und dass nun das neue Zeitalter anbräche. Als schließlich dem Mann auf dem Marktplatz mitten im Gespräch die Hände zu bluten anfingen, sahen sich die Behörden gezwungen zu handeln.

Unter Zuhilfenahme von GDSU 8 und Tränengas nahm man den Mann fest und wies ihn ein. Die örtliche Krankenkasse sorgt nun für ihn bis ans Ende seiner Tage.

Die Regenbögen aber und der Stern und die Freude und all das verloschen so schnell, wie sie gekommen waren.

Aufsatzthemen für Abiturienten im Herbst 1977,
als alles noch unbedenklicher war, zu einer eher „hohen" Zeit

1. Die Bedeutung des rechten Zeigefingers in den Kabinetten, insbesondere dem des Helmut Kohl

2. Vergleichen Sie das Horst-Wessel-Lied mit dem Yankee Doodle

3. Würde sich etwas ändern und wenn ja, was, wenn Beckenbauer
   a) Bundeskanzler würde
      oder
   b) Bundespräsident?

4. Vergleichen Sie Roy Black mit Roberto Blanko.

5. Befürworten Sie öffentliche Spielhallen, in denen ausschließlich Russisches Roulette gespielt wird, und wenn ja, wie könnte sich das Ihrer Meinung nach auf die Bevölkerungsdichte auswirken?
   a) In Industrieländern
   b) In Entwicklungsländern, wo Munition noch teuer ist
   c) Wer würde, glauben Sie, an einer solchen Einrichtung am meisten verdienen und warum?

Auf unwegsamem Gelände zu Barbara Woolworth Hutton

Ein Gewölbe tut sich auf in mir. Ich trete in mich ein und taumele in der Dunkelheit.
Kein Tasten, keine Berührung, und doch ist da ein langsames Strömen hinten und vorn, nach oben und unten, quer durch etwas, was weder Raum noch Zeit. Da streichen Gefühlsklumpen vorüber und der Geschmack hört auf zu sein.
Turbulenzen wirbeln Bilder durcheinander, neue entstehen aus den zerbrochenen Rahmen und irgendwo ein Licht, ein Schatten: Das bist du, Barbara.
Stufen hinauf und hinab, ausgetretene Stufen, steinerne und knarrende, Eisengländer, mit den Händen schmeckend beim Wendeltreppengehen.
In einer Richtung hinauf, um einen Punkt, und doch hinauf. Hinunter? Denselben Weg? Wohl kaum.
Und überall bestaunt von fremden Fratzen, Ahnenbildern, schief aufgehängt. Die Bilder schemenhaft, sie schweben, sie schwanken.
Es ist Oktober, September, Ende August. Du ziehst dich am Treppengeländer hinauf. Du wiegst gerade 44 Kilo, müsstest dich leicht bewegen können. Was ist es, das dich so langsam macht?
Mein erster Blick hat dich nie mehr losgelassen. Du warst aus Zobel an jenem Tag, und Augen. Wie eine Feder warst du hereingeflogen, wie ohne Bedacht, und die Zerrissenheit der dunklen schweren Mauern wirkte zum ersten Mal so ganz leicht, die Ahnenbilder hatten ihren Staub fallen lassen und im Park duftete es nach Moor.
Dann tasteten deine Hände nach Gin und man gab ihn dir in Weingläsern.

Das Dach der Burg war neu gedeckt und auch der Turm, der schief und drohend in den Himmel ragte; vieles war neu um uns herum. Die Schlossherrin, zu der Zeit eine meiner vielen Großmütter, streng und ihrem Namen verpflichtet: eigene Kirchen, Patronat, viele Bischöfe am langen Tisch. – Du durftest in ihrer Suite wohnen, denn du hattest die Dächer decken und die Fluren bestellen lassen.

Aber was konntest du dafür. Am ersten Abend trugst du das Smaragdcollier von Katharina der Großen, am zweiten die Perlen von Marie-Antoinette. Du trugst Lanvin und von deinen Händen ging ein Zauber aus, der Gin in den Weingläsern - nun schon verdünnter Gin, denn man wollte abends „länger etwas von dir haben".

In den Nächten durchstreiften wir das Schloss. Die Dielen knarrten nicht mehr und du nahmst die Brillant-Clips ab. Viele Stunden haben wir so verbracht in fremden Räumen, während die Bediensteten die Kippen auflasen, die Chauffeure per Du und Nachnamen angeredet wurden. Die Vögel raschelten im Efeu des alten Turmes. Du warst ein paar Wochen vorher meine Tante geworden und ich heiratete vierzehn Tage darauf.

Wir schauten uns an, alles war wie verdünnt und dadurch war die Zeit so lang. Verdünnt war auch der Cognac, zu dem du übergegangen warst.

Wir hatten keine Sprache damals – nur Augen.

Einmal noch in Venedig hielt ich dich in meinen Armen. Du hattest einen deiner Delirium-tremens-Anfälle und ich schüttete verdünnten Whisky zwischen deine klappernden Zähne.

Das Grand Hotel schwirrte und summte. Fünfzig deiner Leute wohnten da und wenn sie etwas haben wollten, unterschrieben sie Zettel, auf denen dein Name stand.

Schwule Sekretäre lärmten zwischen Säulen. Herren und deren Brüder hatten schon morgens um 9 Uhr 30 sechzehn Firmen gegründet am Canal de Grande.

Ich redete mit dir, doch das konntest du nicht ertragen. Du konntest dem Zwang deiner selbst nicht entfliehen, nicht vom Sockel hinunter mehr.
Und dann fegte ich das Grand Hotel leer, nur die Säulen blieben noch. Du gabst mir Geld, um mich und meine lästigen Worte loszuwerden, doch meine Augen konnte ich dir nicht lassen, dafür nahm ich die Deinen mit. Später wohnte ich am Montparnasse und ließ dich allein im Ritz.

Heute, nach 22 Jahren, liegst du im Wilshire Hotel, Los Angeles. Wenn ich dich ab und zu anrufe, lallst du. Dann bin ich traurig.

Horst Müller, Fremdenlegionär

Horst Müller hatte in Braunschweig mit 17 Jahren eine Fensterscheibe eingeworfen. Aus Angst vor seinem Vater ging er zur Fremdenlegion.

Paris, Bein Abes. Colomb Béchard. Fünf Jahre hatte er abzukämpfen. Krieg war damals, Algerienkrieg, als der er in die Geschichtsbücher einging. Auf der einen Seite die französischen Legionäre, auf der anderen Seite die Freiheitskämpfer Algeriens, die ihre Heimat befreien wollten. Diese kämpften in der heimatlichen Wüste. Da war es für die Legion schwer, ihnen Paroli zu bieten. Horst M. hatte nicht viele Freunde dort. Ein sechzigjähriger Russe, der der Hölle von Dien Bien Pu, Indochina, entronnen war, hatte sich seiner angenommen, brachte ihm die Überlebenstricks bei, wie man sich, gefangen genommen, auf der Flucht nach den Fixsternen richten konnte, wie man tagsüber ruhen musste in irgendwelchem Schatten und des Nachts marschieren. Schritt um Schritt, Schritt um Schritt. Wie man seinen eigenen Urin trinken musste, und so weiter.

Horst M. war dabei, als sie unter dem Kommando von Leutnant Schwarz auf jenem Hügel mitten in der Sahara eingekesselt waren und die Flugzeuge Bier statt Wasser abgeworfen hatten. Die Piloten hatten zwei Hügel verwechselt. Die, die gewonnen hatten, sollten das Bier bekommen und jene, die um ihr Leben kämpften, sollten das Wasser erhalten, denn sie waren kurz vor dem Verdursten. Na, schießen Sie mal mit fünf Flaschen Bier im Bauch, in der Hitze am Tag und in der Kälte der Nacht.

Eines Tages waren sie ausgerückt in die flimmernde Weite des Sandes, die Aufklärungsflugzeuge hatten die Position der aufständischen Fellagas ausgemacht, abends hatten sie die Stelle erreicht,

der schwarze Vorhang der Nacht fiel nieder. Sie hängten sich beim Nebenmann ein und zogen den Kreis um den Ort, wo die anderen sein mussten, immer enger. In der Morgendämmerung des glühend aufkommenden Tages standen sich nur die Legionäre gegenüber, die Fellagas waren verschwunden.
Ein anderes Mal mussten sie ausrücken mit unbekanntem Ziel. Mit Lastwagen und Kamelen zogen sie dahin. Als das knappe Wasser ausging, mussten die Wagen zurückbleiben. Das Wasser wurde den Kühlern entnommen, in die Feldflaschen gefüllt. So marschierten sie des Nachts, einmal 90 km. Die Kamele fielen und röchelten im feinen Sand ihr Leben aus. Die Legionäre aber marschierten, marschierten, marschierten.
Der Russe erzählte ihm auch, dass Gazellen nicht im Zickzack laufen könnten. „Da brauchst du nur mit 40 km/h hinterherzufahren und nach etwa 20 Minuten brechen sie zusammen, diese schnellsten Tiere der Wüste. Dann schlachtest du eine und die anderen werden gebunden und in Säcken auf die Wagen geworfen. Frischfleisch", sagte der Russe. „Wenn du mal längere Zeit keine Hure mehr gehabt hast, dann stellst du 'ne Ziege in die Knobelbecher und fickst sie von hinten. Glotz nicht so, Kleiner", grinste der 60Jährige. „Du wirst dich noch an so manches hier gewöhnen müssen. Und sei immer hellwach. Vor drei Monaten ist der Leutnant Fritz degradiert worden und ist nun so wie du wieder ein Einfacher.
Er hatte einen schweren Fehler gemacht, durch den zwei von uns dran glauben mussten. Vor einiger Zeit war ein Konvoi von uns überfallen worden. Da haben die Schweine die Unseren überrascht und wir haben ihre Zungen und Schwänze samt Eiern von den Kakteen abziehen können." Und dabei spuckte er in den Sand.
Des Russen Französisch war schwer zu verstehen. Später musste der Mann im Fort bleiben. Er war zu alt geworden. Er brüllte vor Wut, trampelte herum wie ein Verrückter und man musste ihn mit

Gewalt daran hindern, der Truppe nachzurennen, als sie abzog. Horst Müller hat nie geweint, wie so manche seiner Landsleute. 70% taten das des Nachts, wenn der Mond so kalt hernieder schien.

***

Heute, auf dem Johannisplatz. Ganz plötzlich sah ich den heiligen Franziskus. Er trug einen grauen Regenmantel, eine Aktentasche, einen Hut, trug kaum an sich selbst, war wie schwebend und streute Krümel unter die aufgescheuchten, krankheitsbeladenen, streunenden Tauben. Der Mann war sehr emsig und auch guten Mutes. Er schien entrückt ob seiner Güte, und durch die fetten, übersättigten Taubenviecher wurden viele auf ihn aufmerksam, was er genoss, ohne aufzublicken, denn auch Heilige haben ihre kleinen Eitelkeiten. Beim Überschreiten des Platzes nahm er die Diagonale, die ja im Rechteck bekanntlich die längere Strecke darstellt, und deren Durchschreiten längere Zeit in Anspruch nimmt. Bei kaltem Wetter aber wird unser Franziskus hinter dem Ofen sitzen, dann werden die Tauben verlernt haben, Futter zu finden. Es wird weniger Tauben das nächste Jahr geben.

Mut zur Aufgabe auch ohne die mögliche Fortsetzung:

e 4 : f 5
Springer schlägt f 5
a 6 – a 7
b 3 – b 4
a 7 – a 8 (D) ++ matt

***

Wir müssen Mut zur Unlogik haben, zur kindhaften Phantasie, sagte er und kippte seinen achten Scotch.

***

Zuerst dachten sie dieselben Dinge und vergaßen sie fast zur gleichen Zeit.
Irgendwann wurde nicht mehr gesprochen.
Dann fingen sie an, ihren Cockerspaniels immer ähnlicher zu sehen, die Bewegungen glichen sich immer mehr; zuletzt waren sie ein Synchron oder so etwas Ähnliches.

Er stellte die Worte so um sich auf als gelte es, eine letzte Schlacht zu schlagen. Und bei dem Versuch, vor dem Irrwitzigen eine allerletzte Abwehrbastion zu errichten, bediente er sich der Worte seiner Kindheit.

***

Er las Hermann Hesse in der Nacht – bei offenem Fenster, und im Laufe der Zeit tötete er zwei Fliegen, eine Libelle und drei Nachtfalter mit dem Band Nr. 2 von Hesses gesammelten Werken. Eine Mücke fing er freihändig und zerquetschte das Tier in der bloßen Hand.

***

Als er wieder einmal so einsam war, schickte er sich keine Telegramme mehr, sondern Briefe; als dann die Einsamkeit zunahm, öffnete er die Briefe nicht mehr. Schließlich nahm er sie nicht mehr an, ließ sie, wie vorher die Telegramme, auch wieder zurückgehen.

***

Er lachte so lange, bis sie ihm die Hoden abbiss.

Eine meiner Hochzeiten

... doch plötzlich wurde ich ruhig. Es war jene eisige Ruhe, die Drahtseilkünstlern eigen sein kann, kurz vor dem Windstoß des Furchtbaren in schwindelnder Höhe –
Und ich dachte: Wenn alles schief geht, und es wird alles schief gehen, dann kann ich notfalls noch eine Zirkustruppe aus den Leuten hier zusammenstellen und durch die Lande ziehen, denn wer schon wird erraten, dass die Pionlis, die Palombinis und die Pisanis am Hochtrapez, bei der Löwennummer und beim Seiltrick einst meine Hochzeitsgäste waren.

***

Wenn ein Vertreter oder ein Kunde unangemeldet oder zu einer nicht erwünschten Zeit das Geschäft betritt, wirft sich die dicke Verkäuferin hinter den Tresen auf den manchmal sehr kalten Boden; das hat nichts mit Versteckspielen zu tun; dort gibt es einfach eine gewisse Geborgenheit.

Die Konnersreuth – ein medizinisches Wunder

Der Nonne Konnersreuth fingen beim Besuch des heiligen Ortes die Hände zu bluten an, mitten in den Handflächen. „Eine Heilige!“ riefen die einen, „eine Betrügerin!“ die anderen. Ein Psychiater gar stufte sie als Hysterikerin mit einer religiösen Wahnvorstellung ein.

Viele Jahre später bewiesen Mediziner, dass Jesus Christus nicht, wie so oft dargestellt, mit den Händen am Kreuz festgenagelt wurde, sondern durch die Handgelenke. Die festgenagelte Handfläche hätte das Gewicht des Körpers nicht halten können. Der Körper wäre nach vorne gekippt.

Interview

„Und kurz vor'm Sterben, so mitten drin quasi, hat mein Mann mir noch einmal zugelächelt, während er flüsterte: ‚Deutschland wird Weltmeister‘.“
„Meinen Sie denn, gute Frau, Ihr Verstorbener hat da eine spezielle Weltmeisterschaft im Auge gehabt?“
„Das kann ich wirklich nicht sagen. Eigentlich hat er immer nur an seine Schmetterlingssammlung gedacht.“
„Und wie war das im Dritten Reich?“
„Ja, im so genannten Dritten Reich hat er Briefmarken gesammelt – er war ja ein ganz unpolitischer Mensch.“

Bewältigte Vergangenheit

Die Straßenbahnen quietschten vom Adolf-Hitler-Platz her
– markerschütternd.
Die kleinen schwarzen Gestalten, regungslos, wie hingestellt
mit ihren gelben Sternen.
Stern, welch' schönes Wort könntest du sein,
wenn nicht die Plätze wären,
jene, auf denen einsam und abgesondert,
vergessen, längst schon tot,
die kleinen schwarzen Gestalten standen,
so widerstandslos,
doch als Vorwurf für ein ganzes Volk, unübertroffen.
Schwarze Gestalten, lasst euch DIENEN;
später vielleicht einmal. -
Ein Kind war immer bei euch –
so seid ihr nie vergessen worden in Wirklichkeit.

Aber ihr, Mistsäcke,
Sauhunde,
Dreckfürze,
wo habt ihr die Berge von Brillen gelassen?
Wo die Kammern voller Haare?
Wo sind die riesigen Mengen von Goldplomben hin?
Und warum wird das, was davon noch da ist, nicht jeden Tag
gezeigt?
Was seid ihr für Menschen, die sagen, es ginge sie heut'
nichts mehr an,
was damals war?

Evi Pan und Vero Nal, stärkste Schlaftabletten

In Paris wieder mal
und irgendwohin.
Da hab' ich sie getroffen,
die Vero und die Evi, die Pan und die Nal.
Das war in so 'ner Gartenlaube
und keine Angst,
kein schlechtes Gewissen,
das die Lüge gebiert.
Gleich unter Gleichen.
Dem Untergang so nah'
und das verleiht, verleiht Verständnis.
Kaum das Zittern, den andern zu stören, zu ängstigen.
Kein Schuldgefühl – nur gegenseitige Hilfe –
die große und die kleine zugleich.
Keine Abwehrhaltung.
Liebe aus Kummer,
hinein in den andern, die anderen,
Flucht ins Gefängnis,
keine Verstellung;
da braucht man nicht mehr böse zu sein.
Keine Abwehr mehr –
das spielt sich dann ab in einer Hütte,
in Luxemburg,
in einem Flugzeug, ohne Worte,
und jede Bewegung, jedes Zucken
ist keine Ausrede mehr,
wird selbstverständlich.
Keine leisen Schritte,
keine Pantoffeln, um leiser zu sein.

Ganzes Lachen, kein gequältes –
die Sicherheit vor der letzten Schlacht,
vorm Endgültigen,
kein Wenn und Aber,
einfach jetzt
die Erfüllung, die Krone.
Das Krampfhafte ist ausgeschaltet.

Evi Pan und Vero Nal – Seid ihr noch da?
Oder tanzt ihr in Träumen?
Macht mich dort leicht?
Lasst mich euch streicheln,
ohne Grund, ohne Zweck.
Keine Verkrampfung mehr,
keine Abwehr.
Eure Küsse sind ehrlich,
so, dass das Herz nicht mehr zu flattern braucht.
Ihr seid ich und wir zugleich.
Wir streicheln uns, ohne Grund, nur so;
ist es das letzte Mal?

Evi Pan und Vero Nal – Wo seid ihr jetzt?
Gibt es euch noch in diesem Augenblick?
Sind eure Träume die meinen,
jetzt?
Mein Lachen, Stolpern,
flach auf dem Boden Liegen,
unser? Abgeschirmt von all' dem Drumherum?
Von den Ängsten,
vor der eingeimpften Rücksichtnahme?
Gibt es die Hütte,
ohne Licht,

ohne Speise?
Unter diesem so weiten Himmel
sind wir plötzlich nicht mehr fremd.
Einfache Paarung mit Einzelnen,
ohne den Hass und das Schuldgefühl,
wie Tau?
Gibt es die Selbstaufgabe zu dritt?
Luft, Leere, Sterne,
unerreichbar,
weich zu spüren.
Nicht tot –
einfach sein?
Kein Versteckenspielen,
keine Angst?
Echtes Lachen,
losgelöst vom Sinn –
Träume, die man nicht zu träumen braucht.
Keinen Körper, der verhöhnt wird.
Geist, der träumend fliegt mit euch,
in alle Winkel kleiner Welten.
Unserer Welten?

Kein Licht, keine Dunkelheit, kein Zwang.
Und ein Streicheln, das wie von ungefähr kommt,
ganz ohne Bedeutung.
Dabei die geliebten andern nicht ausschließend.
Evi Pan und Vero Nal.
So kann uns nichts passieren,
denn das Jenseits ist schon unser,
im Himmel,
auf dem Meer,
im Moor.

Alle Bücher sind dann gelesen,
alles Wissen wird bedeutungslos;
nur das Streicheln in der Zeit zählt.
Die Berührung ohne Zweck,
das Lachen ohne Sinn.
Keine Ecken mehr,
hinter denen sich etwas verbergen könnte,
keine Schuld, kein Hass,
Schmetterling am letzten Tage.
Einsamkeit genießen, nur so.
Wie schön ist es, mit euch allein zu sein
EVI PAN UND VERO NAL.
Worte ohne Lippen,
einfache Bewegung,
Stillstand.
Treiben, ohne getrieben zu werden.
Evi – Vero, wann haben wir uns gefunden?
Wann haben wir gehandelt ohne Sinn – ohne Sinn,
in der Dämmerung einfach so?
Ein wenig Lust –
Verständnis –
Wirklichkeit ohne Zeit,
verbrannte Bilder,
aufgelöste Weichheit –
keine Gegenstände,
keine Briefe,
halbe Augen,
verlorene Sinne.
Keine Wahrnehmung und doch alles lieben,
liebkosen.
Gehorsamer Ungehorsam
und doch der Unfreiheit untertan.

Betend.
Blick in den Himmel.
Die Verachtung verachtend,
Worte schlucken,
Gedanken ausklammern,
die Sehnsucht verwirklichen –
Dreck und Liebe zugleich
und immer wieder STREICHELN.
Keine Bedingungen,
frei mit euch,
Bluten und Blenden durch euch, VERO, EVI,
KEINE VERLETZUNG MEHR,
KEIN WILLE - VERO, EVI PAN!
Einfach so.

Statistik

Die Selbstmordquote in Schwäbisch-Gmünd nahm nach der letzten Landtagswahl um 100 % zu! Nämlich von einem auf zwei Selbstmörder. – Filbinger nahm das nicht zur Kenntnis. Der Ministerpräsident hatte anderes zu tun: Er vernichtete alte Akten, Tag und Nacht

Tod im Münster

„Ein Itaker hat sich im Münster erhängt."
„Ah, wa."
„In unserem Münster?"
„So ebbes."
„Ich hab' für es gesammelt."
„Ich gestiftet."
„A wa."
„So'n Schwein."
„Ja so, in unserm Münster."
„Mit 'nem Strick."
„Ich hab' zweimal 1.80 gestiftet."
„So'n Schwein."
„Abends."
„Makkaronifresser."
„Drecksau."
„Hochwürden hat's als Erster entdeckt."
„Ist das der, der die Tauben oben im Dachstuhl frisst?"
„Entweiht hat er das Münster!"
„Wer?"
„Ah wa, und nu?"
„Aus Stuttgart hat einer kommen müssen und es wieder weihen."
„Hundsfott."
„Hätt' doch an der Côte d'Azur bleiben sollen."
„Papagalli."
„Halt's Maul, hier geht's um mehr."
„An der Côte d'Azur war ich auch schon."
„Zigeiner, Zigeinerschwein – wie damals, als sie uns verraten
haben, an die Amis."
„Kommt hört auf, ist doch das gleiche Pack wie die Flüchtlinge."

Tate Gallery, Februar '57

Ein gewaltiges Farbenmeer,
das sich über die Leinwand ergießt,
doch wohlgeordnet
einem bunten, allzu bunten,
köstlich kostbaren Traum gleichkommt.
Die scheinbar bedeutungslose Geschwungenheit
der Linien, die dem Bild
die Macht verleiht,
über seine Grenzen hinaus
hinein in die Seelen vorzudringen
und Besitz zu ergreifen,
solange man nicht
sich loszureißen zwingt.

Kunst für jeden!

Die Idee ist dabei das Wichtigste. Durch das Unvollkommene soll der Betrachter gezwungen werden, das Bild im Kopf zu verändern, zu vollenden, es zu verwerfen. Dadurch führt er unbewusst den kreativen Akt durch und greift schließlich doch zum Pinsel und wird zu einem andern.
Kreativität macht frei und kreativ ist jeder; er weiß es nur nicht. Und keine Kriege dann mehr! - Na, ist das nichts?
Das Objekt soll mehr als nur gefallen oder etwas wiedergeben. Es soll kreativ machen; eine Verbindung zum Transzendenten herstellen. Abstrakter Impressionismus: Das Wesen der Dinge in Bezug zur Gegenwart setzen und durch das Ich gefiltert und reduziert wiedergeben.

Moische Muschinski – ein polnischer Jude

Ich traf dich in der Psychiatrie der Freiburger Universitätsklinik, an einem warmen, wolkenlosen Sonntag. Du sprachst kein Wort, als ich den Balkon betrat und mich zu dir setzte. Auch mir war nicht nach Sprechen zumute. Meine Depression hatte mich mal wieder eingesargt, hatte mich in diesen unsichtbaren Glasblock gezwängt und mein Inneres vereist. In diesem Zustand war Sprechen eine Marter. Sprechen, Singen, Lachen, Fühlen: unmöglich. Nur diese Angst. Du sahst damals stumm und irgendwie verzerrt in dich hinein, wenn du die Fernsehnachrichten an dir abgleiten ließest. Es war so heiß damals, und du hattest ein kurzärmeliges Hemd angezogen. Da sah ich zufällig auf deinem linken Unterarm diese Zahl eintätowiert. Diese Nummer. „Auschwitz", zuckte es in mir. Auschwitz. Schweigend rauchten wir. Die anderen Patienten schliefen, gingen schlurfend den langen Flur entlang, glotzten in die Wände. Wir rauchten so drei bis vier Tage. Kein Ton, kein Wort, den Blick geradeaus, in den Park hinein. Dann irgendwann, deine Stimme war so dünn, „ist dir auch so warm?" „Na, und wie", antwortete ich. Nun kam etwas, was mich heute noch, wenn ich daran denke, voller Scham erschauern lässt. „Du warst im KZ", entfuhr es mir. Ich hätte mich ohrfeigen können.

Ganz langsam hast du mit dem Kopf genickt. Dein Gesicht mir zugedreht und geflüstert: „Ja, ich war in Auschwitz, 3½ Jahre lang." Du hieltest deine Augen starr auf mich gerichtet und strichst mit der rechten Hand über deinen linken Unterarm. Damals, Moische, von diesem Moment an, sprachst du dann 24 Stunden lang hintereinander, ohne Unterbrechung. Es war, als sei eine innere Schleuse aufgegangen. Du erzähltest mir, wie du mit dem tollsten Tricks da durchgekommen bist. Wie die deutschen SS-Schergen Männer ins Moor getrampelt haben, vor deinen Augen. Wie du

ein Ei fandest, ein rohes Ei. Das hieß, einen Tag weiterleben. Nur, wie das Ei den Tag über bei der sinnlosen, doch umso schwereren Arbeit retten: Steine einen Berg raufschaffen und wieder runter, immer mit dem rohen Ei in der Tasche. Du hast es geschafft. Du hast, als du merktest, du würdest zu jener Arbeit eingeteilt, von der keiner mehr zurückkam, verbrannt im Flammenmeer des Scheiterhaufens – da hast du dich beim Abzählen langsam und mit eisigem Mut ins Klo gerettet, und als dein Name gebrüllt wurde, hast du nicht geantwortet. Im Klo mit berstendem Herzen. Die uniformierten Henker haben getobt, stundenlang – wenn einer fehlte. Man hatte doch akribisch die richtige Zahl notiert, und nun fehlte da eine Nummer. Das schmerzte das verquere Ehrgefühl der SS.
Irgendwie hast du dies schwere Leben 3½ Jahre lang durchgestanden. Du hast mit einem trockenen Stück Brot in der Hosentasche die Befreiung durch die Amerikaner erlebt, nachdem du auch den Todesmarsch überstanden hattest. Du hast – schlau, wie du warst – all das Essen, das die Amis mitgebracht haben, nicht gegessen, trotz Heißhungers. Viele der vollkommen ausgemergelten Gestalten waren tot umgefallen, nachdem sie das üppige Essen heruntergeschlungen hatten.
Drei Jahre hat man dich im Lazarett gepflegt. Du hattest 27 kg gewogen. Lange Zeit hast du noch dein hartes Stück Brot unter dem Kopfkissen gelassen, in ständiger Angst, die Amerikaner könnten sich als deutsche Nazis entpuppen oder die Deutschen könnten zurückkommen. Der Staat gab dir fünftausend Mark. Deinen Aufenthalt in einem Krankenhaus in Freiburg konntest du nicht bezahlen. Man verklagte dich. Du grubst dich ein in dein kleines Apartment, jahrelang.
Als du eines Tages auf die Straße flohst und schriest, du wolltest dich umbringen, da kamst du in die Psychiatrie zu Professor Deckwitz, der dir versprach, du könntest bei ihm lebenslang bleiben, kostenlos.

Bald fingen wir an, als erstmal das Eis gebrochen war, Witze zu erzählen und die anderen Patienten mit unserem Gelächter anzustecken. Plötzlich hatten sich die Menschen der Station 12 in eine fröhliche Gesellschaft verwandelt. Und wenn du auch des Nachts noch bei Licht und offener Tür schliefst, so hattest du doch das Lachen wiedergefunden, nach all den schrecklichen Jahren.

Nur einmal warst du mit mir böse. Das war an jenem Tag, als du erfuhrst, dass ich adlig bin. „Das auch noch", hast du gemurrt. „Da sitze ich nun in einer deutschen Irrenanstalt und muss mich als alter jüdischer Kommunist auch noch mit einem Junker abgeben." Doch dann geschah etwas Unerwartetes. Du umarmtest mich und drücktest mich an dich.

Vor seiner bevorstehenden Nierenoperation rief ich ihn an. Warum, weiß ich nicht. Er war doch erst 70 Jahre alt. Von Spanien aus rief ich ihn an, und er war erstaunt, dass so ein „Von", wie er mich spöttisch nannte, sein Wort halten konnte. Als ich zurückkam, erfuhr ich, dass er bei der Operation zu Tode gekommen war.

Du hattest, lieber Moische, Auschwitz überlebt, und nun warst du, lieber polnischer Jude Moische Muschinski, unter dem Skalpell eines deutschen Chirurgieprofessors verreckt. Leb' wohl!

Bonn – Debatte über den Nachtragshaushalt X – 1035

So war's schon früher, der Leser ersetze die hier erwähnten Politiker nach seinem Belieben mit anderen. Politiker sind nun mal ersetzbar und ähneln sich aufs Haar.

Der Mond ist untergegangen. Der Rhein brüht sich auf, Fische schnappen nach Luft, schwimmen tot inmitten von Schaumgemisch.
Der Lange Eugen bestrahlt mit klarer Sachlichkeit seine fast unsinnige Größe – einst hatten auch Staatsdiener noch Visionen Tatlinschen Ausmaßes; und sogleich soll Eugen Gerstenmaiers an dieser Stelle gedacht werden. Lieber Eugen, großer Eugen, aus Baden-Württemberg gekommener Eugen, na was denn; beharrlicher Eugen, zum Wohle des Volkes Eugen, schon tot, Eugen, als Millionär, Eugen, beim lieben Gott, Eugen, als guter Christ, Eugen? Na, wenn schon, Eugen.
Doch wir wollen fortfahren, ohne unter die Räder zu kommen. Morgens um 8.30 Uhr, wie ist die Welt da doch noch so deutsch, so frisch, so in Ordnung.
Es kommen die ersten schwarzen Limousinen, Standarten, sich bückende Chauffeure; demütig reißen sie die hinteren Verschläge auf; einer muss warten, weil der mit dem dicken Kopf seiner Frau, seiner Gattin, der Frau Gemahlin per Telefon noch ein paar Anweisungen zu geben hat; abends ist ein Dinner und der Dicke hat sich überlegt, man sollte doch lieber Presskaviar holen anstatt den Beluga, den roten, dicken. Roter Kaviar ist für einen Christdemokraten einfach nicht richtig: Farbe, Anschein müssen stimmen – Frau Jutta zu Hause hat notiert.
Jetzt kommt die Aktentasche zum Vorschein, dann der Abgeordnete. Tatsächlich Christdemokrat, doch kein Heiligenschein, den

hebt man sich auf für die Debatte; heut wird's ernst: zweite Lesung über den 15. Nachtragshaushalt X-1035 – alles inklusive harter Eier ist vorbereitet – Ausschüsse, Verbände, Gremien hatten mehr als 2½ Jahre getagt, gejährt, das Verfassungsgericht ist bereits von einer möglichen Klage in Kenntnis gesetzt, Roben werden gezählt und geputzt, gebügelt, liebkost; Reinigungsbesitzer hüpfen vor Vergnügen.
Nun hat der schwarz gekleidete Abgeordnete, schweißnass und kopfnickend, manche der vielen Stufen gemeistert.
Und gleich kommen Pulks schwarzer Limousinen. Händeschütteln, einer feixt, der andere hastet, ist noch jung, hat noch kein Recht zu feixen, ein Saaldiener hat's ganz eilig, muss noch irgendwo einen Diener machen, will hoch hinaus vielleicht einmal.

Der Kanzler

Demokrat, aber kein Christ, nein halt, falsch, er ist sozial, aber kein Christ. Nein, er ist Christ und sozial und Demokrat, komm, lass uns in seinem Parteibuch nachsehen. Also 1949 oder so hat man das C auch noch mit reinnehmen wollen, fand es dann doch wohl selbstverständlich, hatte auf die lange Vergangenheit gesetzt, hatte nicht an das Fernsehen und Omos Kraft gedacht, hatte einfach nicht daran gedacht. NSDAP hatte einen so schlechten Ruf bekommen; CDU hört sich besser an und schließlich wurde ja dieselbe Hymne benutzt. SPD ging gerade noch.
Omo und Christ, in gewisser Weise in einem Topf, warum nicht, bei uns geht das schon.
Kommunist und Christ, da lachen doch die Hühner – Jesus ein Jude, das wird verdrängt. INRI am Kreuz – ein übergroßes Reklameschild; könnte sich ein Juso ausgedacht haben. Gott ja, Jude nein. Doch das gehört nun wahrlich nicht mehr hierher.

Der große Adenauer längst tot, CDU gewählt von einigen Nazi-Deutschen.
Also, der Kanzler, „welch ein Haarspray der benutzt!“, leuchtet es in den Augen einer Sekretärin. Lange Gänge, hohe Räume, expressionistische Gemälde hier und da.
Alle kommen, man weiß ja, worum es geht und dann hinterher noch die erste Lesung über die Diätenerhöhung – muss man da noch viele Worte machen?
Pfiffe, gellendes Gelächter; Abgeordnete telefonieren mit ihren Gattinnen, es fängt schließlich übermorgen am Freitag das Wochenende an.
Viele lesen Zeitung, klatschen, wenn's einer vormacht, buhen, gähnen, schreien unflätig, während sie die letzten Fußballergebnisse studieren.
Die Renger betätigt das Glöcklein, man amüsiert sich. Jetzt darf auch einer von der FDP was sagen! Genscher macht dazu die Augen ganz weit auf, wie bei seinen Interviews sieht er einer ziemlich großen Scholle beim Unterwasserstand ähnlich.
Schreiend werden Statistiken verlesen, Zahlenkolonnen tanzen an den Wänden, das Fernsehen bringt Präsidentin Renger in Großaufnahme, wie sie sich den Schlips zurechtrückt, wie geschmacklos, das Fernsehen hat noch was zu lernen.
Rednern wird immer wieder auf die wackeligen Schultern geklopft.
Wehner steckt 'ne Verwarnung weg.
Den Fernsehkameras entgeht nichts! Christdemokraten gegen Sozialdemokraten und dann noch die Christsozialen (wie schlau! Gleich Omo und Jesus in einem Topf). Die Freien Demokraten sind so frei, dass selbst ein Gast aus Uganda den Kopf schüttelt.
Fußball im Bundestag? Nein, denkste, zweite Lesung oder dritte, wer weiß das schon so genau, des 18. Nachtragshaushalts.
Dann schließlich – Hammelsprung.

Tandler muss geheim, schnell aus seinem Geheimzimmer geholt werden – er hatte per Fernschreiben und mit Billigung der Fraktion, die er selber ist, dem Küchenchef seines Hotels in Unterdingsda ein Kochrezept durchgegeben; wenn man sich nicht um alles selbst kümmert!, stöhnt er mit Ringen unter den Augen; Old Surehand hatte nämlich den Auftrag weitergeleitet, eine neue, noch nicht erprobte Pilzsuppe an den linken abgedrifteten Vertretern der Heilpraktiker unter Vorsitz des Oberprofessors Sieveking, wie kann es anders sein, ausprobieren zu lassen. Also HAMMELSPRUNG. –
Der ist gar nicht so leicht. Bei diesem Getümmel und überhaupt – Abgeordnete sind auch nur Menschen. Nun doch Fraktionszwang. Der freie Wille wird geknebelt – mal wieder.
Eilfertige Saaldiener verhängen Bilder, leere Stellen an den Wänden werden abgeklopft, man tut so, als wäre das reine Routine, Abhöranlagen? Keine Spur! Was soll das, mault einer, es gibt doch den Zettelkasten vom Wehner, das FBI; und Zeitungen - es weiß doch sowieso jeder alles. Für die Zuschauer, für die Zuschauer, flüstert ihm einer zu. Er hat Recht.
Ein Abgeordneter übt Hammelsprung nur so nebenbei, ist noch neu, ungelenkig. - Hamm-Brücher gerät ihm dazwischen. Dregger tritt auf, gerade vom Friseur zurückgekehrt, erfasst sofort die Lage, drängt zum Rednerpult und erinnert in einer langen Rede an die historische Dimension des Augenblicks.
Strauß feixt auf Lateinisch.
Dämme werden eingerissen. – Immer wieder der Kanzler in der Totalen, als Retter der Ostfriesen, sturmflutgezeichnet.
W.-Zeul tritt Todenhöfer aus Versehen vors Schienenbein.
Präsident Löbe und Hindenburg erscheinen an der Wand. Ein Abgeordneter uriniert gegen die Wand. Das Chaos zu beenden und neu mit dem Kammerton A zu beginnen, wird vorgeschlagen.
Baden-Württemberg schert aus.

Filbinger, der ehemalige Blutrichter, versteht die Welt nicht mehr und fährt per Bahn heim, schlägt den angebotenen Helikopter aus, ist bockig. Die Frage ist nur, nimmt er den rechten Zeigefinger mit, denn der ist und bleibt wichtig, mit oder ohne ihn. Fragen über Fragen.

Fraktionszwang? I bewahre, bei uns doch nicht, eine so junge Demokratie kann sich das überhaupt nicht erlauben; jeder Abgeordnete ist frei, vom Volk persönlich gewählt und, das muss hier allerdings betont werden, schon allein deshalb, damit im Ausland kein falscher Eindruck entstehen kann, er ist nur seinen Wählern und, da braucht nicht gestaunt zu werden, seinem Gewissen verantwortlich!

Fernsehkameras halten noch die Linsen verdeckt. Noch wird gepudert, sich gegenseitig listig geschminkt, schließlich muss man auch ein wenig an den schauspielerischen Aspekt in der Politik denken. Man hat alle Direktiven im Handköfferchen. Lauter James Bonds im Watschelgang und ernst entschlossenen Mienen werden pünktlich. Zum Schluss die Gladiatoren, leider kein Cassius Clay, kein Mohamed Ali, doch alle umringt von ihrem Tross, ihren Maskottchen, den Hofschranzen; Redenschreiber – Ghostwriter – quetschen noch schnell ein letztes Wort zwischen die Zeilen, vielleicht Vertrauensfrage heute, da muss besonders gedacht werden.

Wehner sitzt wie gewöhnlich, wie gewöhnlich schon auf seinem Platz; heut' hängen beide Mundwinkel, die Pfeife irgendwo daneben, er pumpt – Gift, irgendwoher.

Die Kameras fangen zu surren an.

Auftritt, Pfiffe, böse Zwischenrufe.

Die Kinder Abgeordneten müssen von der Tribüne geholt werden. Verwarnungen, höhnisches Gelächter.

Der Kanzler schnupft und räkelt sich über zwei Plätze hin, während er angesprochen wird, blickt nicht auf, liest ein Börsentelegramm – jetzt niest er! – Hurra. Widerpart, aus Gemeinheit als solcher stilisiert, versucht er es heute mit der bösen Masche, er weiß um die Fernsehkameras, da muss gehandelt werden, irgendwie.

Aber es soll noch wüster kommen, man scheint sich auf Teufel komm heraus profilieren zu wollen. Schmitt-Vockenhausen geht in Stücke, die Schlei weint, ist das nicht gewöhnt, küsst sonst an Weiberfastnacht nur Schwarze, hat das in Afrika gelernt, damals; Schwarze sind so zärtlich, soll sie gesagt haben.

Ein Donnern ist zu hören. Wehners Zettelkasten ist verschwunden, taucht plötzlich im Panzerschrank Old Schwurhands wieder auf.

Die Opposition stellt die Vertrauensfrage; Barzel muss mal – auf einmal.

Wenn Fraktionszwang herrscht, binden sich die Abgeordneten je nach Parteizugehörigkeit verschiedene Krawatten um, da sie sonst unter Umständen nicht genau wissen, welcher Partei sie angehören. Die Hinterbänkler werden umgarnt. Harzerfront, Donaumonarchie, Paulskirche werden beschworen, nicht nur beschworen, sie wetterleuchten durch den geheiligten, dem Volke gehörenden Plenarsaal.

Strauß, nachdem er noch einen Knödel verdrückt hat, floppt ganz lässig rüber beim Hammelsprung, tritt dabei so nebenbei die drei Finger des Herrn Kohl platt, auf die es unter Umständen drauf ankommt, allerdings platzt dabei der oberste Hemdenknopf, na wenn schon.

Ertel tut sich schwerer; als Sportler will er sich nicht lumpen lassen und kommt auf den Händen daher, nicht bauernfängerisch etwa, nein, er will nur seine zum sechsten Mal angerissene Achillessehne schonen. – Da hilft nur noch beten, doch darf das vor'm Fernsehen ein Freier Demokrat überhaupt? –

Ein Saaldiener, befrackt und feierlich, ahnt Schlimmes, dafür ist er ja auch da – er hilft, Ertel floppt schließlich todesmutig. Kahnbeinbruch! Jetzt Kohl, links, zwei, drei, vier, rechts, zwei, drei, vier, er trippelt; die Atmosphäre verdichtet sich - eine Art Sportstudiostimmung macht sich breit, Kohl kann sich nicht recht auf sein Absprungbein besinnen. Er versucht's wie die Einheimischen in Hawaii oder Bali unten durch, geht nicht, die Stange fällt, was wird aus dem Hammel, fragt erregt ein Regierungssprecher. Aber er muss doch rüber, lispelt der Fernsehreporter; schließlich gelingt's im Schlusssprung mit geschlossenen Augen, wenn auch Biedenkopf hinten am Schurz zupft. Kohl behauptet später, er hätte einen Blackout gehabt. Konrad Henkel hätte seine Freude an dem Gezupfe und auch seine Gattin, die künstlerische, die, die auch Bratschisten zupfen lässt, um Mitternacht manchmal. Also Omo auch hier. Ja, Omo liest sich von hinten wie von vorne; kluger Kopf, der Biedenkopf.

Biedenkopf mit Überschlag lässt sich nicht lumpen, das Fernsehen bringt die Aktion in Slow Motion; Wehner hinterher, spottend und wie überirdisch von Geistern getragen. „Das war einer seiner faulen Tricks", mault Professor Carstens, und wenn in Deutschland ein Professor mault, dann hat das eine Wirkung, wo's doch so wenig Professoren gibt.

Nun auf einer Sänfte Brandt, Bahr tapfer an seiner Seite, sie versuchen gemeinsam den Doppelflip, der misslingt. Die Sänfte muss hochgebockt werden.

Maria Schlei schafft's mit einem im Kongo einstudierten Lumumba-Step.

Wieczorek-Zeul im Tanga, doch nicht so sexy wie die Schuchardt. Tumulte, anhaltendes Gequieke.

Die Tribüne wird geräumt von GDSU, nur Chinesen und Russen dürfen bleiben; die verziehen keine Miene.

In einer abgelegenen Ecke führt Dregger mehreren Kameraleuten Charleston nach der Version Teddy Stauffers vor, während Barzel sagt, er könne das Lied vom Heideröslein zum Besten geben.

Stoltenberg ist noch nicht da, übt noch lachen.
Ein Kollege zum anderen ungerührt, ein alter Hase: „Meinem 480er habe ich jetzt eine doppelte Einspritzpumpe verpasst, macht an die 300 Sachen."
Man hört Gesprächsfetzen. „Schweinerei ist das, nicht einmal ein drittes Auto können sich die Arbeiter leisten."
„Fortbestand der Freiheitlichen!", „Halt's Maul!", „Sau!", „Meine Freunde und Kollegen von der FDP", „bin nicht Ihr Kollege, merken Sie sich das!", „ich bin Schlachter von Beruf", „und ich muss Ihrer Innung wegen in den grünen Butterplan beißen", „Adieu, meine Herren, muss jetzt auf die Geburtstagsparty meiner Tochter Gabi, sie wird heute 50." „Ist denn das immer so hier", fragt ein Besucher aus dem tiefen Nord-Nord-Westen.
„Aber mein Herr, das ist noch gar nichts. Manchmal da können die Herren Abgeordneten kaum aufstehen vor Lachen, geschweige denn reden. Da werden dann Hilfsredner eingesetzt, zu gleichen Teilen aus Nord- und Süddeutschland – Parität ist hier alles."
„Aber die schimpfen doch so bös' miteinander."
„Ach, auch das ändert sich – so in 1½ Stunden treffen sich die meisten bei Mutter Mattern im Hinterzimmer, da geht's dann hoch her bis in die frühen Morgenstunden."
„Und was man so liest über Abhörskandale?"
„Ach, das ist nur so 'ne Masche für die Presse; glauben Sie denn wirklich, dass es hier etwas gibt, was der eine vom andern nicht wüsste? Darum vertragen die sich im Grunde doch auch so gut. Da wird sozusagen auf Unentschieden gespielt. Die haben doch alle ihre Panzerschränke in der Schweiz, da kann gar nichts Unvorhergesehenes passieren."
Irgendwie ist dann auch dieser Hammelsprung vorbei und über die Diätenerhöhung braucht nichts gesagt zu werden. Da sind alle Arme bei der Abstimmung gleich lang.

Theaterstück I

Ein schon reichlich lang verheiratetes Ehepaar und ein kleines Kind ziehen in eine neue Wohnung ein.
Das Haus ist ansonsten leer, baufällig, die Gasleitungen sind nicht mehr ganz intakt.
Die Wohnung hat viele Türen, eine hinter einem Schrank führt zur Feuerleiter.
Es riecht nach Gas, das Kind jammert, es sei ihm übel, und wird ins Klo gesperrt.
Das Ehepaar beschimpft sich wegen des Gases, des leeren Hauses, der Hausfreunde außerhalb des Hauses, sie fangen zu toben an, wie alle Tage, sie prügeln sich.
Einer schiebt dem andern die Schuld zu, die Schuld dafür, in solch einer Wohnung, solch einem Haus, ja in absoluter Explosionsgefahr leben zu müssen.
Doch es hilft nichts. Der Adrenalinspiegel kann die Wirkung des Gases nicht stoppen.
Sie fällt als erste, rafft sich wieder auf, torkelt zur Tür, schließt sie ab, wirft den Schlüssel in den Wald.
Sie reißen sich blutig.
Er knallt ihr eins unters Kinn und kommt schon nicht mehr zum Fenster, kann es nicht mehr öffnen, bricht neben ihr zusammen.
Das Kind hat sich aus dem Klo befreien können, hat nicht so viel Gas abbekommen, kann aber die Fenster nicht öffnen, ist zu klein, zu schwach.
Es nimmt seine einzige Puppe in den Arm, kriecht hinter den bunt angemalten Sperrholzschrank, öffnet die Tür und springt ziemlich lustig, eigentlich zu lustig, die Feuerleiter hinunter.

Theaterstück II

Es ist auf einer jener Inseln passiert, wo so viel passiert und die Nächte lang sind und die Wellen gleichgültig und die Zeit wie ungleichmäßig.
Da kommt ein Mann in seinen besten Jahren, wie man so sagt, obwohl man das nie so genau weiß. Er kommt vom Festland herüber mit vier großen Koffern, einer Schreibmaschine, einem Album von Chuck Berry und einer Menge alter Photos.
Er kommt vom Festland im dunklen Anzug zu den Leuten in den Jeans und zu den süßen Zigaretten, zu den Leuten, die nur flüstern oder schreien des Nachts, die manchmal junge Hunde die Klippen hinunterwerfen, weil zu viele junge Hunde da rumlaufen.
Der quartiert sich ein ins einzige Hotel, das fast gar keines ist, wo nachts wie tags die Türen schlagen und es auch schon mal nach Absinth und Scheiße riecht. Der Mann malt Zeichen an die Wand, in die Luft, fängt zu sprechen an, wird nicht verstanden, redet mit den Daumen.
Man freundet sich an.
Er beginnt das Unnötige zu verkaufen, zuerst die Bücher; schließlich die Schreibmaschine, hat sie sowieso geschenkt bekommen, ist eine englische.
Ein Priester, der ihm auf Lateinisch zu verstehen gibt, dass er zu viel trinkt, unterrichtet ihn in der fremden Sprache, liest für ihn allein morgens um 5 Uhr eine Messe.
Der Mann versteigert dann alles, was er hat. Die Leute mit den weißen Jeans können nicht viel gebrauchen. Das Letzte, was er behält, noch nicht weggibt, sind die Schwimmflossen; es könnte ja sein, dass er doch noch einmal zurückfährt auf einem Schiff, da könnte ein Sturm kommen und trotz der vielen Haie könnten diese Flossen ...

Der Mann feiert ein letztes Fest mit allen auf der Insel. Sie fressen die letzten Hühner, saufen den letzten Wein; dann wollen sie lustig sein, wollen ein Gesellschaftsspiel spielen.
Einige sind von Tanger gekommen, sind schon ziemlich lange unterwegs, machen Laute wie Eulen, singen nach kleinen Mandolinen.
Ein großer starker Maler setzt sich auf einen schweren Stein, deutet auf den Riesenbaum, den verdorrten unter dem Mond.
„Da, da an den Ast da, da muss er ran, der Fremde."
„Au ja, da muss er ran."
Der Fremde wird vom selben Mond bestrahlt, hat noch einen alten Gurt von einem alten Koffer.
Den Koffer hat er gern, der ist noch halb voll mit Postkarten, Bildern, Tagebucheintragungen; der Koffer ist ziemlich schwer.
Er trägt den Koffer bis zu dem Baum, wird hochgehievt, den Gurt um den Hals.
Da hängt er dann auf der einen Seite des großen kahlen Astes, auf der anderen Seite sein Koffer, der ihm langsam die Gurgel zuschnürt.
„Eigentlich hätten wir ihn annageln sollen", sagt einer, „das wäre dann so, na so, wie sagt man schon ..."
Doch der Mann lächelte, wenn man genau hinschaute; wenn's auch schwierig war, das zu erkennen, wo ihm doch die Zunge so raushing.

Nachwort, ziemlich unnütz

Und im Hintergrund immer diese Frau, die Alte, an den Gitterstäben entlang sich ziehend, schleppend, uns nie in Ruhe lassend – mit Recht.
Lasst den Zweifel, jenen ewig heiligen, mitschwingen in unseren Gedanken, in unserem Tun. – Nur so kann ein Anfang gemacht werden, Stacheldrahtzäune einzureißen – nicht heute, nicht morgen gleich, vielleicht irgendwann später einmal.
Doch ich muss aufhören, muss das hier beenden. Will ans große Geld ran; will mir ein Album von Little Richard, von Bessie Smith kaufen, einen Mondrian für meine Sammlung, einen Kandinsky, eine Bleiweste, will 'ne Gesichtsoperation fürs Fernsehen, will auch mal so ehrlich aussehen wie unsere Abgeordneten; will noch schnell 'nen Nasenring für meine Frau von Cartier und für den Sohn einen Bugatti, einen schnellen, vielleicht, um doch noch im letzten Moment in die Schweiz zu entkommen oder einfach nur so für den Schulweg.

Die Verglasung

Der Morgen kommt mit fahlem Beben
und in den Straßen lauert noch die Nacht,
die Ecken eisig rund
und nirgends regt sich Leben
– das hat die Glasschicht zugemacht.
Es knackt in hohen Giebeln
und starke Äste brechen ab,
das Glas kommt Schicht um Schicht
und macht noch alles schwerer.

Nichts ist erreichbar mehr
trotz glühendem Verlangen,
die Münder formen kaum noch einen Laut,
das Glas dringt in die Poren
und wär' am andern Tage fort,
hätt's nur ein Spuk geboren.
Die Autos bleiben einfach stehn,
die Kinder glasen in den Ecken,
bevor sie sterben, klirrt's ganz hell,
es klirren auch die Hasen.

So glasen ganze Städte zu,
die Wälder werden starr und dunkeln,
die Sonne bricht an einem Fleck,
der Mond fängt an zu funkeln,
die letzten Menschen fliehn das Licht,
drängen in tiefe Schächte,
sie flüstern nur,
berühr'n sich nicht,
das Glas kommt durch die Nächte.

Hebammen gibt es nicht mehr

Plattgewalzte Sterne
im Dunstkreis schwachen Lichts,
dünn gedrückte Träume,
Steppengras, sonst nichts.

Über all den Gräbern
grüne Vögel zieh'n,
fieberhaft vibrieren
und gen Norden flieh'n.

Die Ärzte heilen Puppen,
die langsam das Sprechen erlern',
die Toten lagern in Gruppen,
ein Priester höhnt seinen Herrn.

So gehen die Jahre ins Lande,
die Krippe im Staube und leer,
Geburt und ein Leben in Schande ...
Hebammen gibt es nicht mehr.

Wer suchet, der wird

Die Wahrheit suchend
wie am ersten Tage.
Die Wahrheit?
Wessen?
Wem?
Eine Wahrheit?!
Mit Wahrheit handeln
wie mit Papierblumen
und Urteile fällen.
Er gab sein Urteil ab.
Er gab seine Wurst ab,
seine Zeitung,
Stock und Hut.

Vergangen, na also

Der Schatten der Zeit macht die Zeichen so blind
und ein Windgedicht deckt das andere zu.
Das andere?
Hinter den Reichen
Feuerparabel und Eisbeerensäfte
vermischt mit dem Glockenhauch
fallender Tränen –
vorwärts –, zurück –,
der Anfang, das Ende,
zerstäubt, versunken,
in winzigen Punkten
die Erde und alle Planeten zugleich.

In der Nacht

Den Schrecken erschrecken
in endloser Rede,
das Fallen der Perlen
in flüsterndes Gras,
das Schwingen der Wipfel
in dämm'rigen Höhen,
die Sichel tropft rot
und Wunden erblüh'n

die Kette aus Jade
im Kranze der Nacht
mahnt an die endlose Bürde,
tiefgründelndes Grün –
ein Ring auf dem Wasser,
schillerndes Auseinanderzieh'n

Sinnbild des Spieles,
des Tods
und der Nacht,
flockengelöstes Verlangen,
Tausende tanzen
im Wesen befangen
tanzend
und langsamer noch
Tanz des Vergehns

kettenverkehrt
und angstumklammert
bricht überkreuz
eine Rose entzwei.

Weiße Fahne, kurz vor Weihnachten

Ritualisierte Todesrunde
eine ganze Zeit,
eine ganze Stunde
– gesperrte Ewigkeit.
Eine ganze Seite,
nah dem Zusammenbruch,
und in der krankhaft angestarrten Weite
tanzt schneeweiß ein Fahnentuch.

Den Kreuzigungswegen entlang

Erlebtes Rot,
erahntes Blau von andern,
Ströme, die wandern,
bleicher Erinnerungstod;
verloren gegangenes Kupfergespür,
wache Empfindung,
silberner Klang,
trabendes Ich – hastende Wirs
die Kreuzigungswege entlang.

Seefahrt in fremde Richtung

Die grelle Feuerfarbe tupft rot
die fahlen Segel ab,
Schaumworte klatschen
Risse in den Bug
und die Sichel steht viel zu tief;
gelb rollen die Wogen
und entleeren die Gischt
in aschenes Grün.

Die Planken bäumen sich auf,
blank gefressen,
salzverstreckt,
das Ruder verzerrt,
und ein Wind bläst letzte
Schatten über Bord.

Da fallen die Vögel,
die Fische sind fort,
erstickt im schwarzen Schlamm der Algen.
Und Du?
Du hängst im Getäu
ganz oben am Galgen.

Frühe Liebe

Im Einbaum gelassene
einsitzende Liebe,
verspätete Frucht
im Wirbel des Nebels,
verwirkt,
zu früh die Hand gehoben.
Zu blond, zu frisch,
der Nachricht noch nicht grau genug,
der Unschuld entfloh'n
entrissen der Dämmerung.

Entfernung

Es schüttelt nicht mehr
meine sinkenden Sinne
Sonate und Geige –
vereisender Hohn
macht das Klirren der Fenster,
und Kälte dringt ein.

Die Farben der Bilder,
die funkelnden Schwingen
zerlaufen ins Grau
des Tages hinaus,
das Lauschen und Wispern
der Nachsommermärchen,
das Tanzen der Kiesel
bei Regen und Schnee
löscht aus wie die Kerze,
von Nacht überblendet,
ein welkender Windstoß
treibt über den See.

Marcel Reich Ranicki – Ranicki Reich

Er sei jüdischen Glaubens und polnischer Flüchtling, hatte er dem Baron von B. berichtet, einem gewissenhaften Beamten des Auswärtigen Amtes, und der fragte RR, was er denn wolle dort in Belgrad. Ranicki Reich antwortete: „Ich ersuche um die deutsche Staatsangehörigkeit, Herr Baron." Baron von B. erkundigte sich beim BND, die aber winkten ab, denn RR stand im Verdacht, ein polnischer Spion zu sein. Später musste Reich Ranicki zugeben, dass der BND Recht gehabt hatte. RR begab sich unverrichteter Dinge nach London. Irgendwie aber hat er es dann doch geschafft, Deutscher zu werden. Zumindest avancierte er zu einer Kultfigur. Er wurde Showmaster und leitete Jahre lang das literarische Quartett.

In einer seiner Sendungen kam die Sprache auf Franz Kafkas „Verwandlung". Da schlug der Thomas-Mann-Jünger Reich Ranicki auf den Tisch und schnaubte: „Das ist doch keine Literatur. Wie soll denn ein Mensch verstehen, dass da ein Mann morgens aufwacht und feststellt, dass er sich in einen riesigen Käfer verwandelt hatte?" Der große Karasek musste dann doch einschreiten und wiegelte irgendwie ab. Die Dame aus Wien schüttelte den Kopf und RR leckte sich höhnisch die wulstigen Lippen. Auf RRs Konto gehen die Karriereknicks mancher hervorragender Schriftsteller, Walser und Wondratschek zum Beispiel. Das Publikum aber, das Publikum blieb ihm treu und als ihm dann noch ein Bestseller gelang, da war fast jedem klar, dass hier eine Art Genius am Werke war. Der Zufall wollte es, dass ich RR in einem IC zwischen Freiburg und Berlin kennen lernen durfte. Ich saß in einem Erster-Klasse-Abteil, damals hatte ich mal wieder etwas Geld, ich saß da, im fast leeren Abteil, einen CD-Spieler neben mir mit Bessy Smith im Ohr, einer Bildzeitung, einer ZEIT, einem Manuskriptfragment mit Gedichten, das ich überarbeiten wollte, und dem Buch einer Freundin von mir, einer jüdischen Professorin für Existenzphilosophie und Theologie. Ein Mann saß eine Bank neben mir. Ranicki Reich stob den Gang entlang. Ich erhob mich, blockierte servil seinen Weg und bat ihn um eine Signatur, eine Unterschrift. Er stutzte, lächelte freundlich und setzte sich mir gegenüber. Ich bot ihm mein Fragment zum Unterschreiben an. Er lehnte ab mit der Begründung, er kenne mein Buch nicht, und fügte maulend hinzu: „Wie kann man denn nur BILD lesen?" Ich antwortete ihm, ich läse die Bild-Zeitung, weil ich als angehender Schriftsteller interessiert sei, was denn die Deutschen so läsen. Er griff nach dem Buch mit dem Titel „Zeitbruch" der Professorin, die inzwischen Rabbinerin in Wien geworden ist. Er blätterte das Namensregister durch, war zufrieden und knallte seinen Friedrich Wilhelm auf die erste Seite und zwar in der Form, dass sein Name die ganze Seite füllte. Es war ein riesiges Gekringel, so eine Art informelle Zeichnung. Ich hatte das zuletzt herausgekommene Tagebuch von Thomas Mann gelesen und fragte RR, ob er nicht auch erschrocken gewesen sei beim Lesen der über 800 Seiten. Der Thomas-Mann-Jünger faltete mit gewiss mitleidigem Gesichtsausdruck die Hände vor den Knien und verkündete, Thomas Mann könne es sich auch mal erlauben, Bagatellen zu schreiben, und überhaupt, das sei ja seine Amerikazeit gewesen.

Ich wurde mutiger und brachte die Sprache auf Heinrich Mann. „Nein, wirklich", fuhr er wie von der Tarantel gestochen hoch. „Der Heinrich Mann ist überhaupt nicht mit seinem Bruder vergleichbar. Den kann man doch auf keinen Fall mit Thomas Mann vergleichen. Der ist mit Huren ins Theater gegangen und hat onaniert." Dabei blickte er mich irgendwie furchterregend an. In sein Erheben hinein rief ich noch: „Und Sie, Herr Reich-Ranicki? Haben Sie denn nicht onaniert?" Der Mitreisende, der auch eine Signatur ergattert hatte, setzte sich neben mich und wir lachten so schallend, dass es ein Wunder war, dass der IC nicht aus den Schienen gesprungen ist.

Postscriptum: Die gute Frau Löffler befreite sich von Herrn Reich etwas zu spät und mit einigen grauen Haaren mehr. Die andere Dame, ach wie war denn nur ihr Name, verstand weinerlich die Welt nicht mehr nach dem Verriss ihres Romanes durch unseren Tausendsassa Reich Ranicki und trauert um ihn und angeblich immer noch platonisch verliebt und Augenaufschläge übend vor sich hin ...

Horst Janssen

In Hamburg haben wir, er als Kunst-, ich als Jurastudent, so um '53 herum, unser Unwesen getrieben, haben seine Freundin Judith über die Dächer der Warburgstraße gejagt, er mit einem Messer in der Hand, ich mit der Flasche voll Gesöff – Gin, Rotwein, Whisky, Likör oder Pernod. So soffen wir die Tage und Nächte durch und verspotteten die Leute ringsum, er die Juristen und ich die Künstler, die ich in der Kunstakademie Hamburg Lila-Lerchenfeld ob ihrer Einseitigkeit und ihrer Dürftigkeit und auch ihrer Obszönität wegen nicht akzeptieren wollte, was sich später ändern sollte, als ich selber Maler wurde. Leider verlor ich Horst aus den Augen. Er hat es sogar abgelehnt, mir beim Endspiel um die Hamburger Meisterschaft im Tennis zuzuschauen, mit der Begründung: Nur Irre können in weißen Klamotten einem Filzball hinterher jagen.
Er heiratete später meine Cousine Verena von Bethmann-Hollweg, in der Zeit, als Professor Wunderlich ihre Schwester Isabella von Bethmann-Hollwig heiraten musste.
Horst Janssen werde ich nicht vergessen, als Freund und als ebenso Verrückten wie ich. Gott hab ihn selig.

P.S. Der von uns in der Galerie 24 erfundene Cocktail hieß Sputnik – der über uns – ein Drittel Wodka, ein Drittel Campari, ein Drittel Champagner (zur Not ging auch gemeiner Sekt, allerdings kein Henkel), ein Dash Angostura, ein bis zwei kleine böse Zwiebeln und drei Tropfen Zitronensaft.

Spanienreise ohne Ende

Auf Tischen tanzende Gitarren,
spanische Wunder,
spanische Blume,
Liebesspiele in Tunnels,
zwischen Tür und Tor
höllische Einsamkeit.

Ich habe meinen Pass verloren,
das ist schlimm.
23mal verloren,
die Umgebung ist verändert,
ein imaginäres Ding
hat meine Umgebung verändert.

Möchte nicht mehr reden
noch flüstern,
möchte bei Mond
nur noch am dunklen
Wasser sitzen und Tang
mir durch die Hände laufen lassen,
welke Fahnen entziffern
unter fernen Bergen,
mich gleiten lassen,
dumpfer machen,
kugelartig zusammengezogen
im lockeren Staub
der Nebenleere,

der Lücke, der rissigen,
zwischen den einzelnen Wahrnehmungen. –
Von Westen
rosafeuchte
Wolkenringe.

Requiem

Die Finsternis bläht sich –
Stimmen hallen,
unverstandene Gesetze drohn –
Blick hin zum Flieder –
Flechtengestrüpp ...

Suche nach ruhigen Formen
Kreis und Ellipse,
Bewusstlosigkeit im Bannkreis der Folter –
Wind und Sterne
und kosmisches Strahlengebräu
verlieren Bestand.

Mitten unterm Kummerbaume

Mitten unterm Kummerbaume,
Rosenurteil, Kressenlicht,
schwarze Bänder flattern nieder,
überm Wald die Nebelschicht,
und von weitem schwingt das Singen
kalter Sensen durch das Tal,
und die Zeit fängt an zu springen,
schneidet Kerben in den Pfahl,
sticht die zarte Mohngeblühte
spitz und klirrend aus dem Traum,
keine Sorge, keine Güte
mitten unterm Kummerbaum.

Und deine Worte

Handelt dein Lied
vom Licht, von der Sonne,
treibt dich dein Lauf
fort von dir,
näher zum Rand?
Und deine Worte?
Schlagen wie wild
ihre Flügel,
stummes Gestammel,
und keine Einheimischen
zeigen den Weg.

Wenn ich Atem hätte

Wenn ich Atem hätte, würde er erfrier'n,
hätt ich Worte, brächen manche ab,
zerrissen und verwelkt.

Denn die Spanne des Tages ist weit
und verlassen der Steg –
das schräge Gegitter
teilt alles Leben
in einzelne Stücke.

Noch halten sie sich,
dann fallen sie, als Scherben,
herab durch den Schacht,
lautlos
in zeitlich versetzte Umgebung.

Im Zuchtbau

An euren feststehenden Messern
erkenn' ich euch – Pack.
Hier hinter den grauen Stäben,
in kaltem Glück allein zu sein,
frist ich's Leben –
für euch.

Im Quantentakt geschichteter Zeit

Reiskörner hör' ich fallen
im Quantentakt geschichteter Zeit –
und unterm Zwirbelbaum
in der Höhle zum Nichts
da steht unser Tisch
gedeckt mit weißem Leinen
und den silbernen Krügen.

Da wird uns geleuchtet die Nächte entlang
und das tönerne Schlagen
der Eisblumenfenster
begleitet den Tanz unserer Schatten.

Ich spreche den Tod aller Tage,
der Nächte und Jahre,
Stunden der Zwischenzeit,
die kläglichen Rätsel,
die ätzend so manches Auge verdreh'n –
für euch.

Mir graut's

Mir graut's vor den Schreien,
die keiner hört,
die noch ungeschrieen sind,
die sich zu flackerndem
Lachen verziehn
und die die Gesichter so furchtbar
entstellen.

Schlimmer noch

Der blanke Stahl frühen Schmerzes
steht wie ein Schwert, wie ein Kreuz
überm Haus,
füllt alle Farben mit dunklen Schatten
und löscht ganz still
das Feuer aus.

Abgetrennt

Genau gesetzter Zirkel
mitten im Park
und über den winkenden Streifen
unterm Mond –

Kastanienbräune, tropfendes Harz –
Wundenmusik –
Unterdruck
in den mühsam geliebten
Kammern des Glücks –.

Wenn die Wachtel fällt
im Herbst
und der Schweifgeist
Perlen verschenkt,
ist's an den Toten, zu singen.

Wir aber steh'n in falscher Gebärde
und windig verzogene Töne
entquellen den Mündern,
fremd geworden dem Atem,
dem eigenen Herzen –
zu kurz die Umdrehung,
zu stolz alle Träumerei.

Manchmal

Manchmal ...
das zerbrochene Kinderding,
der tote Vogel noch im Sommer,
das leere Becken eines Ferienbads
und Kleider im staubigen Schranke,
der ausrangierte Koffer,
zerfetzt auf mühsamer Reise,
ein alter Stuhl,
den man zum letzten Mal benutzt,
zerbogener Ofen,
Stück harte Seife,
Schmetterling im Herbst.

Manchmal ...
Dunkelheit,
fauchende Lungen,
der Versuch, die Kruste der Zeit
aufzuweichen.
Unterdrück' den Schrei,
das Zahlen der Sekunden
muss bei 6.563 abgebrochen werden,
nur kein Held sein,
einfach fall'n.

Manchmal ...
des Nachts
mit angehaltenem Atem
die Turmuhrschläge zählen
und die Hoffnung,
vielleicht aus Versehen
ein Stündchen zu gewinnen.

***

Nur einfach sein,
ertragen die Stimmen der andern,
den Druck des Polsters,
das starre Gehabe der welken Bäume.

Grau zieht sich der blaue Himmel dahin,
Keine Blendungen –
Wahrnehmen einiger Körperteile,
Oberarm, Hüfte, Ballen.
Nicht zu tief atmen –
ausharren,
bald ist es fünf.
Dann beginnt alles von vorn.

Verschiebung der Angstsymbole

Elektronische Monstergebilde
sind von der Zeit überholt,
bestückter Atomstrahl und Ladung:
lachhaft veraltet.
Die gläserne Drohung
ist zwischen den Menschen,
die kalte Erstarrung des Lebens,
Vereisung des Atems,
Blockierung der Schallwellen,
Versteinerung,
Gefühle – ein Rinnsal, flach in der Luft.

Mäuseangst

In die Ecke gedrängt -
kein Ausweg,
piepsend,
Augen flinkeln so heftig,
woll'n aus den Höhlen springen,
panisch Gestammel,
Webfehlerworte,
Vokale kippen den Schlund hinab,
vor allem die U's füllen gestapelt das Röhrensystem,
werden zerformt und verrieben;
das Grauen springt in den Kreis der ziehenden Stille.

Goethe? Na und?

Da ich ein Kind war,
nicht wusste aus noch ein ...
tanzten vergoldete Schiffe
über die Seen meiner Phantasie,
und die Wellen schlugen
schwache Hoffnungen wach.

Versunken sind die Schiffe,
die Boote,
deren Segel so viel Ferne
versprachen,
und dunkel, furchtbar sind
die Tiefen der Gründe,
wo sie zerbrachen.

Er konnte sich nur noch schlecht mitteilen

Tonlos gebrochene Eiskrustenscheibe –
offenes Grab –
Händesinken –
Entrinnen –
Gesten der andern –
Fallen –
Staub der Gefühle –
leere Stelle –
zu lange gesucht –
Borke runzelt –
es hallt übers Moor –.

Das auch

Verloren gegangen,
sich aufsammeln,
Reste suchen,
aufklauben winziger Splitter,
Berichtigung ungewohnter Bewegungen,
aus dem Körper Entwichenes zurücksaugen,
Halbgeronnenes fest, glatt streichen,
Büschel von Haar, Schorf,
Hornhaut sammeln,
das auch.

Das Bild
(für van Gogh)

Das Schwarze, das wild
in der Sonne wütet,
die Krähen ziehn düster
über das Korn,
ihr Kreis wird ins Dreieck gezerrt,
und behütet
ist keiner vor ihrem maßlosen Zorn.

Zu Klee ...

Phantastgebilde, tropfenweise
eingefangen
und zwangsgepresst
zu starrer Rätselhaftigkeit
und sinnlich grün
auf Blütendunst getragen,
dann zieht das Lächeln ein
und Stille in die Zeit.

Komm, wir wolln das Streicheln wieder lernen

Wenn dem Druck der Ereignisse
kein Widerstand geleistet mehr kann werden,
schmilzt das Innen,
brechen Farben,
die Gegend der Sehnsucht
schrumpft, knittert und türmt
qualvoll Schattengebilde,
Gesang wird zu sirrendem Sturm.

Dann wollen wir das Streicheln
wieder lernen, komm!
Die Bewegungen lockern und wieder entzerr'n,
die Fähigkeit lösen vom täglichen Sinn,
lauschen in Nächten dem klingenden Stern.
Komm, lass uns den Schwerpunkt suchen
im klaren Blau des rufenden Lichts.

Brief an Dirjana, eine Serbin

Ach Dirjana, wüsstest du, dass ich heute nach 50 Jahren an dich denke, merkwürdig sehnsuchtsvoll in unsere Zeit eintauche, so würdest du lächeln. Es würde dein seltsam scheues, immer ein wenig ironisches Lächeln sein, du würdest dein rotblondes Haar nach hinten werfen, deine hellblauen Augen würden fragend und ein wenig schlitzig blitzen. Ach, wie warst du wunderbar. Damals in Belgrad sprachst du um Mitternacht die Nachrichten in Englisch auf Kurzwelle und wenn ich mit pochendem Herzen deiner Stimme lauschte, nicht alles verstehend, denn das weißt du ja, richtig habe ich Englisch erst später gelernt, mein Lehrer im Heim war doch Bayer. Dann habe ich so brennend gar nicht wieder bei dir sein können, dich in die Arme nehmen und streicheln. Manchmal hast du, geschickt wie du warst, mich fühlen lassen, dass du diese Nachrichten auch für mich sprachst. Von Zeit zu Zeit riefst du mich an aus Belgrad, von der Wohnung meiner Mutter aus, der Wohnung, die Titos Leute meinem Stiefvater, dem Baron und deutschen Kulturattaché, zugeteilt hatten. Du hast dann mit meiner Mutter Tee getrunken oder Slibowitz. Und ihr habt über uns getuschelt und über unsere Liebe und die Unmöglichkeit, für eine Zeit zusammen sein zu können. Du warst die Frau des damaligen stellvertretenden jugoslawischen Außenministers, einem strammen Kommunisten. Die Telefongespräche wurden abgehört von der UTBA, der kommunistischen Geheimpolizei. Es war Liebe auf den ersten Blick gewesen. Du warst 24, drei Jahre älter als ich.

Liebe Dirjana, nie werde ich die Zeit mit dir vergessen. Belgrad war damals ein Traum, so dunstig verstaubt, noch fast ohne Verkehr, eine weiße Stadt mit grauer Patina. Oder bist du es gewesen, die alles so verzaubert hat? Wir mussten sehr vorsichtig sein. Die ausländischen Diplomaten und deren Familien wurden beobachtet. Mal trafen wir uns in der Wohnung meiner Eltern gegenüber dem Tierpark mit seinen traurigen, halb verhungerten Tieren, mal in irgendeinem Kino oder an der so träumerisch dahinfließenden Xave. Du warst meine große Liebe damals und bist es auch heute noch. So oft ich konnte, habe ich dich besucht, mit der Bahn von Hamburg aus, wo ich Jura studierte. Die Fahrt dauerte 30 Stunden. Mit der Bahn oder mit einem klapprigen VW, über vereiste Pässe, immer nur wie in Trance hin zu dir. Dein Mann war vor mir gewarnt worden und fing an, in rasender Eifersucht dich zu schlagen, zu quälen. So musste ich bei meinen Aufenthalten mich hinter meinem Schatten zu verstecken suchen. Kamen unangemeldet Gäste, so musste ich verschwinden und mein Teegedeck auch. Mami spielte perfekt die Rolle der raffinierten Kupplerin. Mein Vater, der Herr Diplomat, litt und begann, in deprimierten Stunden um sein Amt zu bangen. Wie erst hätte er gebangt, wenn er gewusst hätte, dass meine Mutter damals schon plante, die Messarowiczens außer Landes zu bringen, mit dem CD-Wagen, dem Ford C 4. Du weißt, es ist ihr auch tatsächlich gelungen. Mit ordentlich viel Slibowitz, mit ihrem unvergleichlichen Charme an der Grenze und dem Chow an ihrer Seite. Der Chow hatte es sogar Tito angetan. Ja, mein Liebling, wir träumten in den Nächten von gemeinsamer Freiheit und einem Leben zu zweit. Irgendwann einmal kam dann der letzte Abend; wir wussten nicht, dass es der letzte war und heute, wo ich dir beim Schreiben dieses Briefes so fiebernah bin, kommen die Tränen.

Wir haben zusammen geschlafen, das erste Mal so richtig und voller Zärtlichkeit. Du hast geseufzt und hast mich ängstlich angeschaut, als du sagtest: „I'm sure, you don't like my gooseskin."

Ach Liebes, ich habe doch alles lieb an dir, in dir, alles auch, was du geliebt hast. Du warst so stark, so unbestechlich, so ehrlich, so

eifersüchtig, so schön wie eine jungfräuliche Göttin. Oder sind alle Göttinnen Jungfrauen?
Du warst die Einzige, die mich nicht pausenlos zu korrigieren versuchte, die nicht mein schlechtes Englisch verbesserte, nicht mein Trinken beanstandete. Dirjana, nie mehr haben wir uns wiedergesehen. Du bist später nach Kanada ausgewandert, nach deiner Scheidung, hast zwei Söhne erzogen, hast irgendwann auf meine Briefe nicht mehr geantwortet. Der letzte Brief klang so traurig. Du hättest keine Freude mehr am Leben, schriebst du, und ein Jahr später erfuhr ich, dass du dich umgebracht hattest. Wäre ich doch nur stärker gewesen. Hätte ich doch nur Geld gehabt und den Mut von heute. So bleibt mir nur die Erinnerung. Die führt mich zurück zu dir, und wenn ich weine, dann doch nur, weil ich mich so nach dir sehne. Und weil ich mich schuldig fühle. Irgendwie habe ich dich verraten und das werde ich mir nie verzeihen.

Frag nicht

Lass sie zurück,
die Zeit der vollen Taschen,
winde dich nicht vor der Asche,
die du liegen ließest,
und trenne den Absatz
von deinem Schuh,
singe die Lieder
der andern nicht nach
und stoße dich weiter
durch dieses Getümmel. –
Schweigend? –
Bis wann? –
Warum fragst du?

Hast du dein Spiegelbild hinweggeweint?

Mann auf der Brücke
mit dem halben Gesicht,
Mann auf der Brücke
mit den weißen Händen
und dem schütteren Haar,
Mann, wo ist dein
Spiegelbild?

Folter-, Flüchtlings-, Kinderelend

Der Einbruch fremder Leiden ist das Jetzt,
die Qual entfernter Schreie über glatten Feldern,
die Betteldürre unterschätzt,
Entlastungssucht mit fremden Geldern.
Und zwischendrin auch Tränengeld
und Ohnmachtsgoldgeschmeide,
doch keine Trauer in der Welt,
nur Tiffany und Seide.

***

Nach Noelle Neumanns letzter Umfrage
hat Sisyphus es schwerer gehabt.

***

Er sagte: „Ich hasse Lüge, Unterwürfigkeit, Neugier."

Gruppenseelenseuche

Geheimnisse fliehn
aus der Welt
wie wilde Tauben
und Brunstgeschrei
röhrt flach die Neonröhren an,
die Gruppenseelenseuche
spaltet manches Herz
und sie macht glauben,
dass nur die Masse
auferstehen kann.

Vorsicht!, Taube

Gurr, kleine Taube,
ganz weiß und mit Ringen,
gurr in die Welt
und ins Leben hinein,
Flügel und Flausch
zerbrennen nach innen,
fällst aus den Himmeln
herab wie ein Stein.

Flügelverletzung

Die Mücken des Malers
tanzen Musik in die Luft,
und dumpfes Gelalle vom Sumpf her –
unter den Stümpfen
tropft grässlich der Mohn –
fiebrige Laute erschrecken
die schlafenden Kräh'n,
Flügelverletzung
in halb gezogenem Kreis.

Die Faust des Geschehns hängt
tief in den Lüften.

Dasitzen und starren
durch milchige Wände
ins braune Verwelken –
sich ducken vorm zuckenden Schrei,
die riesige Faust des Geschehens
hängt tief in den Lüften.
Das Zappeln und Streunen und Winden,
das Tänzeln
ist längst schon vorbei.

Es glüht nun mal nicht immer

Gedanken entgleiten,
ziehn über das Band
glatt grüner Oberfläche,
erheben sich,
tauchen in Vergangenes,
Zukünftiges,
verschmelzen Begebenheiten,
Gefühle, Düfte und Süchte –
es wirbelt und glüht.

For Joan

Du bist die Blume
und die Tänzerin des Lichts,
die ich in mir trage.
Dein Blütenstaub befruchtet mein Herz
und dein leiser Tanz
verzaubert.
Pass auf dich auf,
schwebendes Sein,
draußen ist's kalt,
so kalt –.

Meredan-Waldorf, morgens 8 Uhr 30
London, Dezember 2001

Der verliert eben alles

Und deine Liebe,
du Hund – –
hast sie verloren.
Pumpst nun Tränen
von anderen ab.
Vergiftete Tränen,
und suchst das Laub
fürs Sterben,
für den einsamen
letzten Schritt
übers Moor.

Grau und krumm

Der Glanz deiner Träne
ist stumpfer geworden,
es wuchert der Tumor der Kränkung,
der Zeit,
das Innen läuft aus,
vertropft sich von selbst,
die Nähe entflieht,
es bleibt das Knarren der Schritte
und das Hallen die Flure entlang.

Dichters Lied
aber bitte nicht zweistimmig zu singen

Begebenheit zum Kleinod verfeinert,
brillantengefasste Miniatur,
Verzeihen und Liebe
zerfallen in zwei,
im Brunnen der Zeit,
da tropft es ja nur.

Der Wahrheit und Lüge
Geschmack auf den Lippen,
rechts vorne putziges Todeswehn,
Umkehrung der Werte,
Glücksfühler kippen
zu kurz und zu schmal,
verkrüppelt das Seh'n.

Das letzte Mal – nicht was Sie meinen

Das letzte Mal die Glocken läuten hören,
das letzte Lachen, kindermünderklein,
der letzte Blick in Wolkenröhren,
letztes Verstummen im Kerzenschein,
das letzte Entsetzen der Hinterhausleere,
ein letzter Hauch von Einsamkeit,
das letzte Hecheln einer alten Mähre,
das letzte Gefühl der Gefühllosigkeit.

Hotel Gales, Zimmer Nr. 4

Im grauen Bett,
zerrissen sind die Wände,
gelb gelblich gelb vergilbte Lappen überall,
die Birne kalt
am Kasten unterm Fensterbrett,
zerbogen, zerfurcht,
und staubige Gardinen
spaltenhaft
und stumpfes Glas zerbrochener Geräte
und Asche, Dunst und Säure überall,
da warst du bei mir, Margarethe,
da gabst du mir deinen Körper frei.

Die wirklichen Helden

Die wirklichen Helden hausen
versklavt auf zeitlosem Grund,
weit hinter dem Mittelpunkt
jenseits des Lichts,
fernab von jeglichem Leben,
wo Lachen
zu kristallenen Flocken erstarrt,
und schauen mit flatterndem Beben
ins blutende Nichts der Gegenwart.
Sie werden sich niemals ergeben.

Lass die Träume siegen

Wirf den Stein in einen See,
klemm das Nussblatt zwischen deine Lippen,
springe in den feuchten Klee,
tanze auf den Klippen,
sauge auf die Regennacht,
lass den Atem fliegen,
höhne jeder Übermacht
– und lass die Träume siegen.

… nehmt meine Sehnsucht mit

Ferne Wolkengebilde,
ziehende Streifen
auf flachen Schrägen
zerfallenen Lichts,
nehmt meine Sehnsucht
mit euch,
ins kühle, weite
Spektrum zerstäubenden Blaus,
in die strahlend abgewandte Seite,
ins längst gesuchte Schattenhaus.

Vorm Abriss des Viertels

Kommt, lasst uns noch lachen
die Zeit bis zum Morgen,
denn dann reißen sie
dieses Viertel hier ab,
lasst euch die Nacht nicht nehmen
und all diese Farben nicht,
die Töne nicht lähmen,
von denen ihr lebt.

Blanker Sternenhohn

Wer fühlt den Zug,
der fein durch alle Spalten weht,
und wer schon hört das Sterben
in der Nacht;
und den, der's hört,
den trifft Verdacht.

Ja, sonntags

Die Stauden und Hecken
in all euern Gärten
erfüllen nur sonntags
ihr leuchtendes Soll.

An einem Montag

Das weiße Licht des Tages
bricht, ungefiltert, die Poren auf,
mit Gewalt und schrecklich –
ein Stück Leben ist abgehackt.
Willkürlich zusammengesetzte Splitter. Teile.
Fadendünn ist die Haut von den Dingen gerissen,
da blutet's und wabert's, lappt einfach herum.

Der Taumel ins Wir ...

Der Taumel ins Wir
füllt all deine Gläser,
schickt deine Schreie
durch nachtvollen Stau

und eure Körper
machen Musik nur,
wenn sie sich streiten
im abgehackten Stakkato
des Fleisches

beim Schlachter klingt's anders,
da sind an die Haken
die Zungen gespießt

Der Mantel

Sein Vater war vor seiner Geburt tödlich verunglückt. Der Vater war Springreiter gewesen. Vor dem Hindernis hatte das Pferd gescheut und im Sturz das Genick des Vaters gebrochen. Er wuchs in der Familie des Stiefvaters auf; die drei Pferde des Vaters waren verkauft worden, die Pokale verschenkt, die hohe Lebensversicherung war innerhalb von sieben Jahren verbraucht, dahin auch das Haus seines Vaters. Was ihm geblieben war, war der alte, an manchen Stellen schon abgewetzte Kamelhaarmantel des Vaters, den hatte man ihm gegeben.

Alle zwei Jahre hatte es Gedächtnisrennen für seinen Vater gegeben. Doch ihm hatte man davon nichts gesagt.

Ans Grab hatte man ihn nie geführt. Die Gemälde, auf denen man seinen Großvater sehen konnte, in Generalsuniform mit dem Pour le Mérite, waren verschwunden. In dem Mantel sah er reichlich komisch aus, denn sein Vater war viel größer gewesen als er. Einmal kam er und öffnete den Schrank. Doch der Mantel war verschwunden. Die Mutter seines Stiefvaters hatte den Mantel an einen Bauern verschenkt.

Entraten

Erwachen des Lichts
im Nebel meiner Tränen,
ohne Beschützer von einst,
der Bart voller Strähnen,
der graue Filz verändert die Farbe,
das Stöhnen im Skelett,
Sich-Bewegen wie auf Stangen.
Ins Seitenaus
rollt ein verlorenes Ding.

An der Theke

Festgezurrte Grimassen,
halbfertig die Bewegung,
und durch der Sprache
reinliche Kloake:
die faden Blasen
längst verlor'ner Zärtlichkeit.

Kalender

Die Reihe der Tage
verkettet,
umflossen von pulsendem Blut,
lässt die Gedanken
nur spärlich entsteh'n.
Vorsichtig flieht
aus der Zeit
manch Hauch
ferner Bedeutung.
Falsch sind die Hülsen der Tat,
Bilder in tanzendem Grau,
Spiegel zerspringen,
Augen und Mark
sind schon aus Glas.

Du I.

Durch Deine Entsagung hast Du mein Herz gestreift,
trotz aller Kränkung fandst Du den Weg zu meiner Seele.

Du bist der silberne Klang der Welt,
Du zerlegst das Chaos in einzelne Gemälde.

Im Dreivierteltakt der tanzenden Bienen bewegst Du Dich,
Dein Leuchten macht den Himmel hoch
und der Duft Deines Körpers bricht
den Bann angehaltener Gefühle.

Wenn Du noch schöner wärst, wärst Du Gift,
wenn die leichte Linie Deines Lebens
von noch mehr Lieblichkeit umgeben wär',
dann wär' der Süßigkeit zu viel.

So aber stehst Du: eine Statue Gottes,
Zeichen seiner Allmacht,
eine Drohung schier für die kleinen, geronnenen Seelen.

Auf Nachricht aus

Auf Nachricht aus –
verzweifelt suchend,
nach Glück, Freiheit, Vermögen,
tastend nach dem Rinnsal,
das es eben noch gab,
nach der Demut,
nach irgendetwas, das uns sagt,
was zählt,
und nicht das vom Zähneklappern
geforderte Nicken,
nicht das Sichverbeugen
vor dem Rätsel allein,
elendes Greifen nach so genanntem Strohhalm,

gebt, Götter, uns die Kraft
zu bestehen im Auge des Nichts,
nicht wankend, nicht reumütig
in kindlicher Bezogenheit.

Wortlos, die Stirn gradeaus,
bewusst und wach
und darüber hinaus noch
die Kälte des steinernen Pendels
schmeckend bis zuletzt
wie ein Held,
als Tribut für das Glück
die Stunden des Grauens
bewusst erlebt zu haben
wie ein Gott.

Getrennt von der Wirklichkeit

Spürst du, wie die Farben verblassen,
die Töne verwelken und die Sprache gerinnt?
Ja, ich spür's –.
Ganz langsam senkt sich die Glocke herab,
senkt sich der Seele zu
und Spiel und Freude sind nie gewesen. –
Im Schatten des Baumes
wird es heiß
und im Strahle der Sonne
ist's so kalt.
Grüner Mond,
schein' mir ein Lied aus den Tagen,
ja, welchen nur?
Rostrote Wolke,
wein' mir meine Tränen zurück.
Im Reiche des Spuks
da gibt's keine mehr ...

Du II.

Ganz dünn und so zart –
doch irgendwie geschliffen,
grün durchsichtig fast,
das ist Deine Haut –
und Deine Umarmung –
und manche Blitze Deiner Augen
fallen wie Staub
aus den Ecken der Wände;
Kränze, von ein wenig
Traurigkeit durchsetzt,
streicheln Dein Gesicht,
während die Tränen des Himmels
durch lange Schächte fallen.

Das Wissen um Dich
lässt die Welt wieder sein –
Deine Augen so gierig, so durchlässig,
so wie geschliffener Bernstein,
deux fleurs concaves.

Deine Augen
und ihr Triumph ...
dann ist es manchmal,
als hätte die Zeit aufgehört –
sich verneigend vor einer Unendlichkeit,
die nur uns gehört.

DU III.

Das Fallen Deiner Haare,
der Hauch einer Chance,
die Du mir gibst ...
  Es ist, als würden die Wellen
  – Deine –
mich mit hinausnehmen,
Salz, Wasser,
Piniengeruch.

Komm', lass' mich durch – immerzu,
lass' Deine weichen spitzen Töne
dann und wann mich aufsaugen,
tritt mir vors Schienbein
und sei mir möglichst immer im Wege,
denn Dein Zucken bin ich,
Dein Gesicht, Dein Gesicht, Dein Gesicht,
es tropft durch mich hindurch,

Deine Verlorenheit summt Dich vor mich hin,
was kann dann alles
aus mir in Dich fallen!

Der Schmerz, Dein Schmerz, unser Schmerz –
Spuck Deine Lippen
mitten in mein Maul
und lass Dich und eigentlich alles
einfach fließen.

St. Moritz um die Jahrhundertwende

In St. Moritz fällt kein Schnee
auf die leeren Pisten,
in der Nacht tut man sich weh,
Schmuck in Riesenkisten.

Kaltes Spiel im Frostgefüge,
Ball und Bälle, Kerzenschein,
Neid und immer wieder Lüge,
bitter traurig muss das sein.

Und der Schnee fällt nur daneben,
nächtelang der Hahnenschrei,
körperhaftes Baucherleben –
eure Zeit ist längst vorbei.

Die Hand an der Gabel

Nicht apokalyptische Nacht,
Schlachtfelder, Guernica,
Folterszenen,
Konzentrationslagerentsetzen,
jawohl, das auch,
abgegriffen und fast schon
festlich angestrahlt
und sauber gefegt,
abgestaubt, täglich geputzt
und gebohnert,
die Hände auf den Bildern verzerrt
zum Himmel gestreckt –
tun nicht mehr weh.
Aber die Hand im Kreise von Händen
mit der Gabel zwischen den Fingern –
da kommt die Angst mit Macht.

Nachbar oder Erinnerung an den Blockwart

Dein bleiches Gesicht gefällt mir nicht, Mann.
Nachts lässt du die Hunde los,
du hältst deinen Schatten zwischen den Rhododendron-
hecken
und dein Sohn drückt mit dem Absatz die Schnecken tot.

Deine Drohung ist das Huschen
zwischen den alten Tannen,
warum starrst du oft so herüber
aus deinem Fenster
nur ein Stück entfernt
im Halbdunkel deiner Stube,
die ich nie gesehn.

Du beobachtest mich, ich weiß,
doch noch lässt mich das ziemlich kalt,
du hast schon andre vor mir beobachtet
und das lässt mich frösteln,
besonders, wenn's in der Leitung knackt
und die Nachrichten von
kommenden Wahlen sprechen,
wenn Kinder gehänselt werden
und von toten Katzen die Rede ist,
wenn es irgendwo brennt
und böses Lachen
den Andersdenkenden trifft.

Sie müssen sich zentral vor dem Bild verorten
Aussage eines Professors

Stereometrische Wahrnehmung zur illusionären Schichtung im Bildraum und als solche konfrontiert mit der realen Dreidimensionalität des Objektes. Weitere Randterminanten sind Form und Materialität, die mit Farbe in eine als dialektisch zu verstehende Beziehung treten und Raumkonstellationen hervorrufen. Das Objekt hat lediglich die Funktion, einem Betrachter Anlass zur subjektiven Perzeption zu bieten vor dem Hintergrund von dessen individuellen Seherfahrungen und seiner sozialökonomischen und individualphilosophischen Anbindungen, Redundante objektivierbarer Elemente bilden, dabei den Schlüssel zur Reflexion des Wahrgenommenen; und schließlich ist das Bild für die Wahrnehmung gemacht. So sprach er.
Die Leute applaudierten dem Professor. Dieser war bleich und keuchte in sein Taschentuch.

Geh doch in ’ne Kneipe

In den Katakomben
des sich widerspiegelnden Lichts,
da ist’s so dunkel,
da flüstert’s nur,
das ist die Einsamkeit,

und im Park erst –
so leer,
und immer so Nacht,
und am Tag erst
da säuselt’s nur,
denk’ ich zwischen den Sträuchern.

Bleib noch ein bisschen

Wenn ich mich dir nähere,
dich fasse,
die Stellen bediene,
entrinnst du zwischen den Händen

und wenn ich mich wälze auf dir
im ungelernten Walzer,
der deinen Körper entfacht
erreich ich nicht deine Seele ...

die aber will ich,
verflucht,
die suche ich nun
schon so lange Zeit.

Was nützt mir denn der Takt,
der sich irgendwann gewöhnt hat
an den anderen?
Das Geröchel und das lauter werdende Zischen
die engen Nasenscheiden entlang.

Manchmal natürlich,
wenn deine Träne zum Stern wird
und das Blut erquillt,
dann meine ich deine Seele
flattern zu fühlen
oder so ähnlich.

Doch irgendwie wird dieser Augenblick
auch wieder zerstampft
von dir, von mir, von uns.

Die Alliierten

Amerika,
du bist reich,
gesegnetes Land mit deinen Sternen
und den blässlichen Furchen
quer durch die von Regenbögen
begrenzten Weideflächen –

Amerika,
du hast Platz für jeden
und jeder hat Platz bei dir –
da wo die Baumwolle dampft
und das Wasser so kalt
in den Strudeln klirrt.

Amerika,
du machst glücklich,
aber die Fernen nur,
denen dein Wort mehr gelten muss
als das weggeworfene Zepter
deines Zaubers.

Da ist Deutschland schon anders,
da glaubt schon keiner mehr daran, an die Fahne,
da ist auch kein Herbst
und eine jede Winterreise
hört bald auf.

Da kommt nach dem Herbst
nämlich der Sommer
und bald danach gibt's
keine Jahreszeiten mehr,
denn aus den Bunkern
dringt kein Laut
und die frische Luft
wird zum Reinigen der Luft benutzt.
Da fressen die Gesetze die eigenen
Kinder auf
und selbst die Marionetten
färben sich die Haare
zur Stunde,
wenn sich das zusammengewürfelte
Menschengewühl ums Licht drängt,
der Tag der Nation
ist zur Mikrosekunde
geschwunden
und selbst Ärzte
und Pastoren haben nichts zu lachen mehr.

Hinter der Insel

Wehendes Herz,
ein perlendes Gesicht,
hinten ganz ferne
zwischen den Wogen
grünes Gelächle,
grau bleibt der Traum,
Staub des Schmetterlings,
Schutz und die Kleinigkeit
einer Sünde;
tropfenweise durch die Einsamkeit gefiltert,
fällt der Fadenblick
in geklüftete Ferne.

Janusköpfig

Wenn ich mein Gesicht abwende von Dir,
setzen die Farben aus
und nur das Ocker will nicht sterben,
dann könnte es sein,
dass eine neue Insel das Wasser teilt
mit steil abfallenden Felsen.

Wenn ich mein Gesicht abwende von Dir,
flüstert's in den Pinienhainen
und ein Silberstreif zieht durchs Land,
es klingen die umfallenden Sensen
und die Menschen verlieren ihre Sprache.

Wenn ich das Gesicht abwende von Dir,
schwebt ein andrer Friede durch die Zeit,
und im tiefen Wasser vermehren sich die Fische.

Du IV.

Täglich holst du die Kohlen aus dem Keller,
und ich hab' dir erst einmal unter den Rock geschaut.

Deine Brüste verdrehn sich mir, im Augenblick
ihres Stehenbleibens im Schwung.

Dann berühren die Fasern deiner Bluse die Haut
und ein Nebel zieht über dein Gesicht,
das schmale,
mit der Blässe des fallenden Blattes,
und nur ich weiß,
wohin deine Augen zeigen,
durch die spindelgeformten Schlitze
wo's so seltsam zuckt.

Und deine Hände, kleine gefährliche Brut,
so umbarmherzig und gemein,
das weiß ich auch,
aber stark bist du.
Und deine Knie,
die so selbständig tun,
unter den wilden Schenkeln,
auf denen die Welt ruhig ruht,
besonders im Nachtschein,
denn da duftet's so reich
nach schwerem Flieder
deinen Körper entlang.

Und deinen Zopf trägst du im Mund,
der immer nur halb geöffnet ist.
Du wartest nicht umsonst auf den heißen Wind,
der vor den Türen stehen bleibt
und die Fenster bewegt,
denn das ist dein Wind
und deine Art,
Kerzen zu löschen.

Du holst die Kohlen
und ich seh' dir lange nach. –

Das Alter

Das Alter, pah, ich kannte einen,
der war noch mit 90 ein junger Greis.
Wenn dann das Alter kommt
und es anfängt –
Verwesung,
wo Schmetterlinge andere Tiere sind –
da lacht der Kern des Leidens
einen jeden an.

Dann heißt es – wach –
und nicht zu schnell,
dann kann ein jeder noch mit letztem Tun
den Sinn ganz auf seine Seite ziehn.

An die Bonzen

Ich glaub' euch nicht,
nein, ich kann euch nicht glauben,
wenn ihr als Führer
eurer Organisationen
zu Gutem aufruft,
wenn ihr im Maßgeschneiderten
vor unbezahlbar teuren Bildern tagt
und wenn ihr alles nur für all die andern tut
und für die Kinder, unsre Kinder,
ich weiß nicht recht, warum,
doch ich glaub' euch nicht.

20. November 1980, irgendwo

Was soll ich nun auf dich fallen lassen?
Das Klatschen der Wellen?
Die Strömung, die sich färbend aneinander vorbeifrisst,
oder das erwachende Rosa, halb verdeckt von den aufziehenden Wolken?
Das Grau, das changierende, deutet auf Regen,
und die glatten Schlittschuhlaufflächen spielen miteinander.
Noch tun die Wellen so, als wüssten sie nichts vom bevorstehenden Sturm
und Gott hat mich schon jetzt bestraft.
Eigentlich glitzert das Wasser ja gar nicht –
es saugt sich, beutelt sich nach oben und dann wieder hinab.
Dattelförmig liegt jetzt Formentera da.
Die Farbe des Wassers hat sich verändert – die Sonne kommt.

Die Hetzjagd, ein Filmskript, Abdullah

Der schwarze Piet Abdullah kämpfte in Korea, wurde dreimal verwundet und erhielt die Tapferkeitsmedaille. Er wurde danach FBI-Offizier, nach diesem nicht sehr rühmlichen Krieg, er wurde der Drogenaufklärungsabteilung in New York zugeteilt und kämpfte dort auch mit unlauteren Mitteln gegen die Drogenmafia. Sein brutales Vorgehen, das teilweise auch Unbeteiligte in höchste Lebensgefahr brachte, veranlasste seine Vorgesetzten, ihn nach wiederholten Abmahnungen zu feuern. Er hatte einige Dollar beiseite gebracht und auf einer Europareise traf er in München Irene, eine 25-jährige Bedienung, die auch hier und da der Kundschaft für Geld gewisse Gefallen tat. Sie heirateten kurzerhand und bald darauf wurde Inge geboren, ihr Kind. Ihre Tochter.
Sie lebten einige Jahre in Deutschland und ihre Liebe schien unerschütterlich sein, doch die dunklen Schatten seiner Vergangenheit holten ihn ein, nicht nur, dass er immer öfter mitten in der Nacht schweißgebadet aufwachte, sondern er wurde immer depressiver, er schloss sich ein, lachte nicht mehr, und so kam es, dass sich seine Irene von ihm immer weiter entfernte und schließlich die Scheidung einreichte, der auch stattgegeben wurde. Ihr wurde das Kind zugesprochen und die Wohnung. Der Richter entsprach ihrem Wunsch, sich scheiden zu lassen, umso mehr, als sich Piets Zustand gerade auch in der Zeit der Scheidung verschlechtert hatte, und zwar insofern, als er immer paranoider wurde und in einer Form zu trinken anfing, dass all seine Freunde das Weite suchten, wenn er auftauchte. Mit dem letzten Geld, das er gebunkert hatte, ging er, stumpf, abgebrannt, illusionslos und von tiefem Menschenhass erfüllt. Von einem früherem FBI-Captain erfuhr er von der Existenz einer kleinen Insel im Mittelmeer, Ibiza. Dort kaufte er sich ein Grundstück inmitten der Berge und baute im Laufe der Zeit

ein kleines Häuschen. Die Arbeit an dem Haus tat ihm gut, er fing an zu malen, Gedichte zu schreiben, Musik zu hören und den jungen Mädchen nachzuschauen. Einmal, als er gedankenverloren durch die Altstadt schlenderte, sah er einen Mann in Jeans und mit einer schweren Lederjacke bekleidet den steilen Weg hinauf zum Museum stapfen.
Er sah den Mann nur von weitem. Doch wie ein Blitz war er hinter einer Mauer verschwunden. War das nicht die Narbe aus Harlem gewesen? Der brutalste Killer jener Zeit?
Seine Tochter, 17-jährig, kam zu Besuch. Er war glücklich und verwöhnte sie extrem. Eines Abends fuhren sie in ihrem kleinen Morris auf der Straße von San Josep Richtung Ibiza. Da krachte es und Inge sank tödlich getroffen in seine Arme. Und damit begann die Hetzjagd.

Der Film wird schwarzweiß gedreht, nur Teile in München, New York und in Ibiza in Farbe. Kaum Gespräche, längere meditative Sequenzen, Spaziergänge etc. Am Ende des Films bleibt alles offen, nur der Zuschauer kann den Film zu Ende sehen in seiner Phantasie.

Herbertstraße

Er hatte die Hamburger Meisterschaft im Mittelgewicht, Boxen, gewonnen, hatte sich betrunken und sich so gegen 23.15 Uhr nach St. Pauli aufgemacht, Schlangenlinien mit seiner Kawasaki fahrend. Es war Sonntag, der Fight über 10 Runden lag ihm noch in den Knochen, das Adrenalin wirkte fort und es drängte ihn, eine Frau zu finden. Nun, er war 22 Jahre alt, von äußerster Schüchternheit Frauen gegenüber. Wurde er von einer angesehen oder gar angesprochen, wurde er purpurrot.

Er stellte das Motorrad in der Nähe der Davidswache ab und suchte die nächstbeste Kneipe auf, um drei doppelte Whisky-Cola hinunterzukippen. Er trank sich Mut an, um fähig zu werden, durch die verruchte Straße mit den vielen Sirenen zu schwanken. Sein Herz schlug ihm im Halse und er begann zu schwitzen. Sein Puls raste und dennoch ließ sein Verlangen nach einer jener in den Fenstern dort nicht nach, im Gegenteil, es steigerte sich von Augenblick zu Augenblick. Die Mädchen gurrten und winkten hinter ihm her, ihm, der sich gar nicht bewusst war, wie stark er auf Frauen wirkte. Er war 1,83 m groß, schwarz gelockt, durchtrainiert, knallblaue Augen inmitten eines etwas zu femininen Gesichts. Viele Mädchen hatte er noch nicht gehabt. Und als er ihre raue Stimme hörte und ihr gegenüberstand und dieses aufregende Wesen verschlang, da wurde er beinahe wieder nüchtern. „Komm rein, Kleiner", gurrte sie in gebrochenem Deutsch. „Komme, mach es schön." Wie in Trance sah er die Tür sich öffnen. Sie nahm seine Hand und zog ihn in den kleinen Gang, schloss die Tür und streichelte seine Wangen. Sie stieg vor ihm die enge Stiege hoch und er stierte auf ihre herrlichen Beine, ihren Schlangengang und den prallen Po. Er folgte ihr in das kleine überheizte Zimmer mit der Couch, dem leeren Tisch, einem Schrank, dem dicken Teppich am Boden. Viele Spiegel hingen an den Wänden zwischen den Pornos. Sie hatte einen schwarzen BH an, der war klein, so klein, ihre prallen Brüste kämpften schier um Freiheit. Die roten Stiefeletten reichten etwa 20 cm über die Fesseln.

Ein enges Höschen ließ die prallen Schenkel so gut zur Geltung kommen und das rotblonde Haar trug sie streng nach hinten gebürstet. „Mache es dich bequem", lächelte sie ihn an und gab dann dem Stuhl einen Schubs. Er folgte dem Befehl und wandte keine Sekunde den Blick von ihr. Jener Funke war übergesprungen und sein Herz begann zu schmerzen. Er stotterte, „meinst du nicht, wir könnten uns mal treffen? Irgendwann ausgehen zusammen?" „Du bist ja gut", kicherte sie. „Mach mal keine Zicken, hier." Dann fuhr sie ihn an: „Zieh dich aus, aber auf die Schnelle, ich habe keine Zeit." Wie hypnotisiert folgte er ihr abermals, „die Uhr auch, du geiler Hund." Ihre Augen waren zu Schlitzen geworden, aus denen es gefährlich blitzte. Sie öffnete die Tür, nachdem sie ihm die Hände mit einem breiten Ledergürtel zusammengebunden hatte und rief „Inga, komm mal her. Sieh dir den mal an. Ich glaube, das ist der Autobahnmörder, der schon seit Tagen gesucht wird." Inga kam. Inga war so um die 40, groß gebaut und völlig nackt, auf ihren hochhackigen Schuhen balancierend. Inga starrte ihn an, schnalzte mit der Zunge und meinte in herablassendem Ton „Ja, das kann sein. Wir wollen ihn mal der Folter unterziehen. Da werden wir ja sehen, ob er es ist oder ob nicht." Die Rotblonde trat an ihn heran und im Nu war er geknebelt. Er versuchte, plötzlich von Angst gepackt, an den beiden vorbei zur Tür zu kommen. Sie warfen ihn aber zu Boden, setzten sich auf ihn und fingen an, ihm ins Gesicht zu schlagen. Dann banden sie ihn rücklings auf den leeren Tisch und wie durch einen Nebel sah er, dass sie Peitschen in den Händen hielten. Sie schlugen hart zu auf die Innenseite der Schenkel, die Fußsohlen und immer wieder auf seine Genitalien. Ihre Gesichter hatten sich verzerrt und die Schläge wurden immer fürchterlicher. „Zähle mit“, sagt die Ältere, die Schwarzhaarige, „und wehe, du verzählst dich.“ Er war der Ohmacht nahe, doch bevor sein Geist ihn verließ, spürt er, wie sich die beiden über seine Genitalien hermachten. Sie saugten und rieben und kniffen und lutschten, dass es ihm dreimal hintereinander kam. Dann ließen sie ab von ihm.

„Zieh dich wieder an und hau ab, du Schwächling“, knurrte die Schwarze. Sie verlangten 50 Mark und er floh von dannen.

Ausschnitt aus dem Roman Golfspieler auf Golgatha
29.12., Paris, Place du Partion

Hotel Central No. 10, gegenüber eine Eckkneipe, zum Essen auch. Eine Lady mit Architekt als Mann, der unsichtbar bleibt, mit linker Hand ihre Augen wölbt, Hains, Dufrens, Rotella ..., nicht findend.
Französische Worte ...
Beflissen schwitzend in 5 Stockwerken. Kneipe. Austern?
Junges Mädchen mit blondem Haar, wirft, ihre blassen Eltern höhnend, geile Blicke zu, amerikanische. Hotel? Hotel? Hotel, oû?
Er will fort, sein Geld reicht nicht mehr fürs Flugzeug nach Barcelona. Am nächsten Morgen kann er fliegen, Geld von der Bank. Dann muss er die Nacht auf dem Flughafen bleiben. Das weiß er. Da werden sie ihn finden. Nur immer unauffällig tun. Die Angst hat Besitz ergriffen von jedem einzelnen Haar. Das Hemd klebt stinkend am Körper. Plötzlich, wie auf heimlichen Befehl leert sich die Halle, einige auf Luftmatratzen schlafende Passagiere werden in einen höher gelegenen Raum gebeten. Nun sind nur noch Geheimpolizisten da. Man räumt anscheinend die Halle. Wohl, weil man einen Schusswechsel befürchtet.
So ist er nun doch identifiziert worden. Langsam, ganz langsam, die Hände in den Taschen, nähert er sich der Ausgangstür. Da, ein Sprung, und schon wirft er sich hinter ein Gebüsch nieder, presst sich gegen die Erde, springt wieder auf und jagt aufs nächste Taxi zu.
„Hospital, Hospital!“, ruft er dem Fahrer zu, brüllt er in den schwarzen Wagen. Hinter ihm starten gleichzeitig zwei Wagen. An der Ampel springt er aus dem Taxi und hinein in den Straßengraben. Im Hospital empfangen sie ihn, stumm, als hätten sie lange schon auf ihn gewartet. Der bärtige Arzt macht ihm Zeichen, die

er nicht versteht. Mit Schaum vor dem Mund, zuckenden Gliedern und einem unheimlich donnernden Körper wacht er Stunden später auf. Er lauscht den Gang entlang, aus dem gegenüberliegenden Klo kommt grässlicher Kloakengestank, in weißen Farben vibriert es an den Wänden, mit Anstrengungen liest er das fremde Riesenwort Ahtaglog. Da hört er Stimmen, eine erkennt er. Es ist die des bärtigen Arztes und er vernimmt zu seinem Entsetzen, dass über ihn gesprochen wird. Diese Nacht noch will man ihn ins Militärgefängnis transportieren, ihn in eine Fremdenlegionsuniform stecken, ihn in eine Militärtransportmaschine laden und über Indonesien oder der Sahara abwerfen. Mit oder ohne Fallschirm, das kann er nicht verstehen. Da fängt er zu schreien an. So grässlich, so laut, so schrill, dass es die Menschen, die das hören, graust.

Aus dem Tagebuch des G.

Einer sitzt auf seinem Balkon und sinnt. Dahinter die Hügel, dahinter der Flugplatz. So gegen 19.17 Uhr fliegt ein anderer über die Hügelkette, gerade noch, schlürft mit seiner Boing und 123 schreienden Insassen über die Hügel, über die Berge, die roten Äcker und kommt immer näher auf den Sinnenden zu. Dieser sieht das Geschehen mit geringschätzigem Lächeln. Die Maschine bäumt sich nochmals auf, zerschmettert die kleine Garage und schaut mit dem Cockpit dem Sinnenden ins Gesicht.
„Wo bin ich?“ schreit der hysterische Pilot. Der Sinnende beugt sich vor, „San José, Canluc, wohin wollen Sie mich bringen. Ich warte schon auf Sie, seit Jahren.“

21.05.1994
Ein Mann in einen großem, weißen Haus erwartet Besuch. Er putzt und macht den Garten, der vorher so verwahrlost war, das dauert Jahre. Der Besuch kommt nicht. Doch er putzt weiter und weiter, verfeinert alles. Der Besuch kommt schließlich - am Krankenbett sitzt der Tod.

23.07.1994
Andere gehen zur Arbeit, ich kämpfe mit dem Leben.

Ich bin ein Held. Da gibt es nichts zu lachen. In Lesebüchern schmeckt das wie Kompott. Ich bin ein Held. Da kann man gar nichts machen. Ich habe das – wie man sagt – vom lieben Gott. Ich bin ein Held und esse Spargelsoße. So als Fondue und manchmal auch gehacktes Katzenfleisch. Ich gebe mir die allergrößte Mühe mit Sein und Zeit und meiner alten Mutter. Ich bin ein Held und fühle mich bedrängt von so viel Heldentum. Drum jag' ich Fliegen Tag und Nacht und bring sie niemals um.

04.08. in der Klinik
Sie haben Recht, Herr G. Ich kenne das auch, diese depressiven Zeiten. Erst vor ein paar Wochen war ich den ganzen Tag über deprimiert. Ich hatte meine Brieftasche verloren mit. 155 Mark. Nein, habe ich gesagt, so geht das nicht. Das ist gar nicht so schlimm, wenn man an all die Nöte in der Welt denkt. Und schon war ich nicht mehr depressiv. So müssen Sie es auch machen, Herr G., dann löst sich alles von ganz allein. Sehen Sie, ich habe auch meine Geldbörse wiedergefunden. Wie habe ich mich da gefreut.

Prof. Dr. Deckwitz, Psychiatrie Freiburg
Am nächsten Tag
„Herr Professor Deckwitz, ich sag' Ihnen was. Ich glaube, ich hab' zu wenig Adrenalin." Der Professor kommt einen langen Schritt näher, beugt sich wie eine blonde, weiße Giraffe über mich und staunt mit schrägem Kopf: „Woher wissen Sie das?" „Nun, ich vermute, dass ich einfach nachgedacht habe." „Ich gratuliere, das sind die neuesten Erkenntnisse aus Berkeley, Kalifornien. „Ha, ha, ein blindes Huhn, Sie wissen schon, ha, ha."

Der Tiefflieger, Roman
An einem 25sten

Wenn ich doch frei wäre und wieder schreiben könnte und diese Einsamkeit.
Im Hotel geschrieben, mehrere Anwesende.
„Geben Sie mir eine Pampelmuse, nein geben Sie mir zwei Pampelmusen, ich brauche drei Pampelmusen."
„Mein Swimmingpool hat ein Loch."
„Mein Swimmingpool hat zwei Löcher."
„Mein Swimmingpool hat vier Löcher."
„Mein Swimmingpool hat kein Loch."
„Meine Neger leeren es jede Woche. Ich habe keinen Swimmingpool."
„Mein nächstes Auto ist schwarz."
„Mein nächstes Auto ist blau."
„Ich habe kein Auto."
„Schau, schauen Sie wie die Sonne scheint."
„Oh ja, die Sonne scheint."
„Die Sonne scheint? Ja, die liebe Sonne."
Und dann wird der 8-Akter vom Swimmingpool fortgesetzt – stundenlang.

Irgendwann im Januar

Also der Hitler kam aus Österreich. Nicht nur der Hitler, auch unsere Nationalhymne, von Haydn geschrieben, oh diese Nationalhymne. Was unter deren Musik alles geschehen ist. Und alles, was ich höre, ist teuflisches Gemisch. Das Schöne ist verflogen, die Liebe ist dahin, mich hast du oft betrogen, es gibt kein' Neubeginn. Das Haus ist schon zerbrochen, die Mauern beben schon. Ich hab' das Gift gerochen, nicht mal die Kraft zum Hohn. Wann endet diese Reise durch Nacht und Dunkelheit? Es dreht mich so im Kreise in alle Ewigkeit. Es graust mich vor dem Tode, das Leben ist ein Fluch. Sie sprechen über Mode wie übers neueste Buch. Die Ärzte zieh'n Gesichter, die Banker zählen Geld, und anderes Gelichter, Politiker von Welt. Man lügt und klaut zusammen, man schießt den anderen tot, man schleicht ganz schnell von dannen und hinterlässt kein Brot.

Inhaltsverzeichnis

Hamburg Rothenbaumchaussee 7
Wie ich das Schweben lernte 9
Der Golfspieler P. A. Macguirre jun. 12
Was habt ihr getan all die Zeit 15
Heimat 16
Formentera – Lied einer Insel 17
Erinnerung an eine Reise 18
Ramblas, Barcelona 19
Komm Mann, schieb den Gin rüber 22
Der Rundfunk kommt 23
1965 Hamburg 26
1975 Schwäbisch Gmünd 26
So um den 18. Januar 1981 herum, Geburtstag 27
Der Tod Roberto Blankos 28
Gedicht Nr. 18 30
Kennst du die Kälte, die klirrt? 31
Seht ihn euch an 33
Gedanken eines Kindes vor dem Schlafengehen 35
Lohnt es? 36
Ich sehe Handke 37
1955 Bodenburg 39
Schlagzeuger in New York 40
Barbara 41
Hamburg – Paris 42
Irgendwo, irgendwie 44
Albert Schweitzer 45
Baum am Abend nahe einer Fernsehstation 46
Ein Heiland 47
Aufsatzthemen für Abiturienten im Herbst 1977 49
Auf unwegsamem Gelände zu Barbara Woolworth Hutton 50
Horst Müller, Fremdenlegionär 53
Mut zur Aufgabe auch ohne die mögliche Fortsetzung 56

Eine meiner Hochzeiten 58
Die Konnersreuth – ein medizinisches Wunder 59
Interview 59
Bewältigte Vergangenheit 60
Evi Pan und Vero Nal, stärkste Schlaftabletten 61
Statistik 65
Tod im Münster 66
Tate Gallery, Februar '57 67
Kunst für jeden! 68
Moische Muschinski – ein polnischer Jude 69
Bonn – Debatte über den Nachtragshaushalt X – 1035 72
Theaterstück I 80
Theaterstück II 81
Nachwort, ziemlich unnütz 83
Die Verglasung 84
Hebammen gibt es nicht mehr 85
Wer suchet, der wird 86
Vergangen, na also 87
In der Nacht 88
Weiße Fahne, kurz vor Weihnachten 89
Den Kreuzigungswegen entlang 89
Seefahrt in fremde Richtung 90
Frühe Liebe 91
Entfernung 92
Marcel Reich Ranicki – Ranicki Reich 93
Horst Janssen 96
Spanienreise ohne Ende 97
Requiem 98
Mitten unterm Kummerbaume 99
Und deine Worte 100
Wenn ich Atem hätte 101
Im Zuchtbau 101

Im Quantentakt geschichteter Zeit 102
Mir graut's 103
Schlimmer noch 103
Abgetrennt 104
Manchmal 105
Verschiebung der Angstsymbole 107
Mäuseangst 107
Goethe? Na und? 108
Er konnte sich nur noch schlecht mitteilen 109
Das auch 109
Das Bild 110
Zu Klee 110
Komm, wir wolln das Streicheln wieder lernen 111
Brief an Dirjana, eine Serbin 112
Frag nicht 115
Hast du dein Spiegelbild hinweggeweint? 115
Folter-, Flüchtlings-, Kinderelend 116
Gruppenseelenseuche 117
Vorsicht!, Taube 117
Flügelverletzung 118
Es glüht nun mal nicht immer 119
For Joan 119
Der verliert eben alles 120
Grau und krumm 120
Dichters Lied 121
Das letzte Mal – nicht was Sie meinen 122
Hotel Gales, Zimmer Nr. 4 122
Die wirklichen Helden 123
Lass die Träume siegen 123
... nehmt meine Sehnsucht mit 124
Vorm Abriss des Viertels 124
Blanker Sternenhohn 125

Ja, sonntags 125
An einem Montag 126
Der Taumel ins Wir 126
Der Mantel 127
Entraten 128
An der Theke 128
Kalender 129
Du I. 130
Auf Nachricht aus 131
Getrennt von der Wirklichkeit 132
Du II. 133
DU III. 134
St. Moritz um die Jahrhundertwende 135
Die Hand an der Gabel 136
Nachbar oder Erinnerung an den Blockwart 137
Sie müssen sich zentral vor dem Bild verorten 138
Geh doch in 'ne Kneipe 139
Bleib noch ein bisschen 139
Die Alliierten 141
Hinter der Insel 143
Januskopfig 144
Du IV. 145
Das Alter 146
An die Bonzen 147
20. November 1980, irgendwo 148
Die Hetzjagd, ein Filmskript, Abdullah 149
Herbertstraße 151
Ausschnitt aus dem Roman Golfspieler auf Golgatha 154
Aus dem Tagebuch des G. 156
Der Tiefflieger, Roman 158
Irgendwann im Januar 159